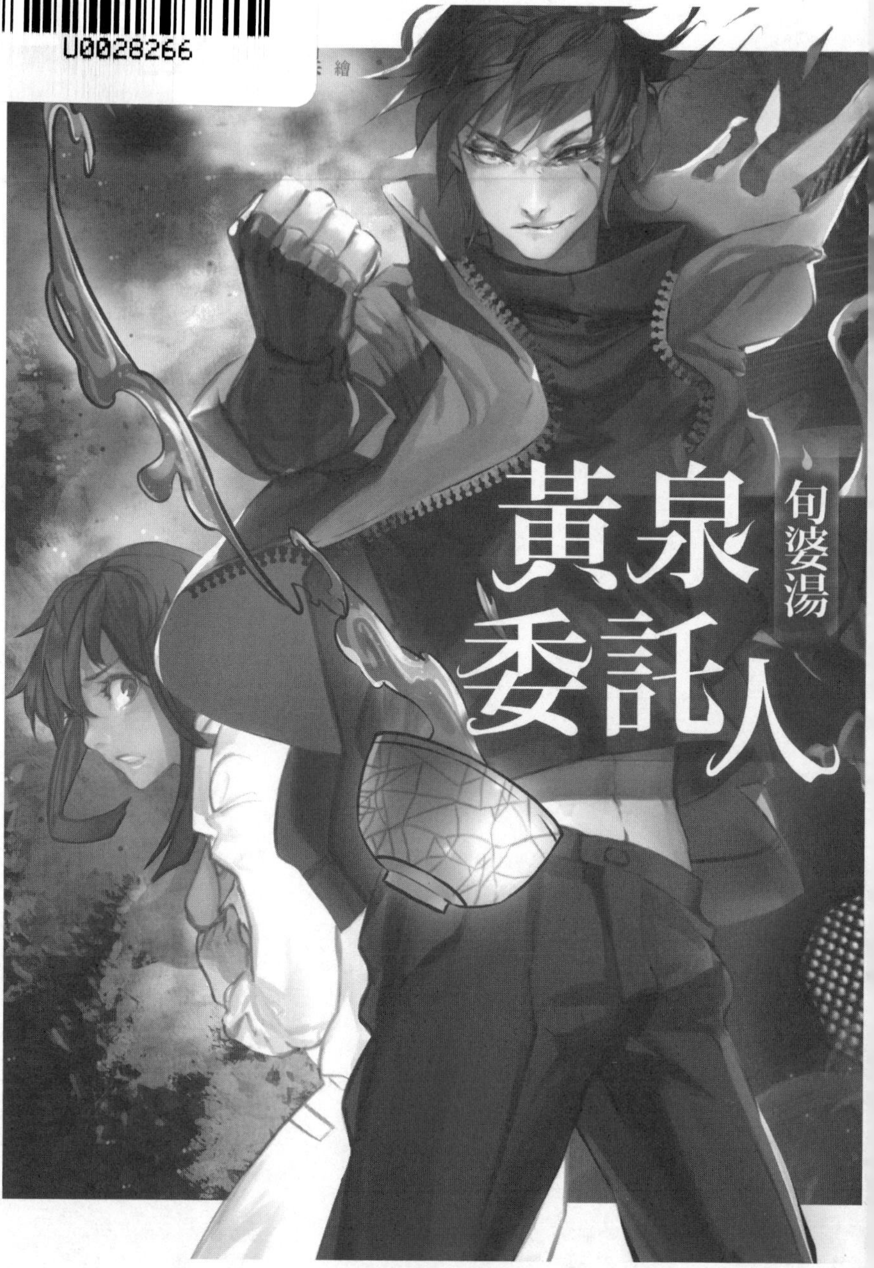

繪
黃泉委託人
旬婆湯

旬婆湯

楔子 012
第1章．意外的訪客 020
第2章．爐婆登場 051
第3章．決戰 075
第4章．過去 111
終章．離別 125
番外．憐與碧 138

人物簡介

謝任凡

26歲。陰年陰月陰日陰時陰分出生的極陰之子，擁有強大的靈力與陰陽眼。在人世間的職業是無業遊民，但是在黃泉界卻有著響噹噹的名號——「黃泉委託人」。替鬼辦事，收取酬勞。不擅長與人交往，卻能與鬼稱兄道弟。擁有兩個鬼老婆，卻沒有半個人世間的朋友。從小就有陰陽眼的他，因為命格的關係，註定了他剋死雙親的命運。為了化解此劫，被撚婆收養，在撚婆的照顧之下長大成人。在開業之後，不但解決了許許多多的委託，還打響了自己的名號。前半時期，與撚婆合作除了接委託之外，還四處不斷收服怨靈，因此也有了「怨靈獵人」的稱號。但是在撚婆退休之後，任凡也推掉了一切跟黑靈有關的委託。個性外冷內熱，雖然從小看穿陰陽兩界的他，對許多事情擁有獨特的觀點，卻因為從小缺少母愛，所以常常會在撚婆等長輩的面前，表現出比較孩子氣的一面。

白方正

28歲。年輕有為的中生代警員。從小出身在軍人世家的他，有著與名字一樣方方正正的規矩行為。嫉惡如仇、有正義感。雖然擁有壯碩的體格，卻十分怕鬼。做事認真，操守中正，卻因為不夠圓滑，所以一直沒有辦法獲得重用。在認識了任凡之後，意外打開了一扇自己想都沒有想過的窗戶，見到了渾然不同的世界。雖然膽小怕鬼，但是為了幫許許多多被害人抓到兇手，自願點靈晶讓自己可以見鬼。想不到這竟會讓他飛黃騰達，搖身變成警界最炙手可熱的超級救世主，專門處理警方最棘手的案件。與任凡雖然性格不合，但是卻多次聯手解決了各式各樣的委託。不知不覺中，自己成為了任凡在人世間唯一的朋友。

小憐、小碧

兩人原為黑靈，現年約44歲，容貌則維持在死時18歲的模樣。被同一個兇嫌所殺，因此成為了惡靈，其兇狠的程度在黃泉界頗負盛名。她們見人殺人、見鬼殺鬼，在撚婆與任凡的合力之下，她們依然能夠頑強抵抗。最後卻因任凡拚命的感化，化解了她們兩人的怨氣，並且一起成為了任凡的妻子，幫助黃泉委託人解決一件又一件的委託。兩人雖然同年，但是互認為異姓姐妹，比較老練成熟的小碧是為姐姐，而比較俏皮可愛的小憐則為妹妹。

撚婆

年近70的法師，為了學習法術，選擇了孤老終生作為代價，是孟婆在人世間十三個乾女兒中仍然存活的最後一位。在二十多年前與任凡父子相遇之時，得知了任凡不凡的身世與狀況，於是收任凡為養子，一手將他撫養長大。對從小喪母的任凡來說，撚婆就像親生母親般重要。在任凡決定了自己要走的路之後，撚婆給予不少協助，運用所學幫任凡披荊斬棘，建立了黃泉委託人的招牌。現在因為年事已高，拒絕了任凡的邀請，選擇獨自一人住在山區，過著簡樸的生活。個性直來直往，不喜歡拐彎抹角。即使已經隱居山野，但是只要任凡遇到困難，隨時都會挺身而出。

張樹清

菜鳥鬼差，現年約50歲，容貌則維持在死時45歲的模樣。生前是被人謀殺的高階警官，死後為了躲避黑靈的追殺而委託任凡幫忙找尋殺害自己的兇手。在任凡與方正的協力之下，最後不但找出了兇手，還消滅了黑靈，並且完成了他與現任妻子的冥婚儀式。婚後因為陽壽已到，被抓到黃泉報到，為了能與自己仍然在人世間的妻子相見，自願擔任可以常常因為公務回到陽間的鬼差。

羅志宏

阿宏，25歲的菜鳥員警。自從在「葉家三口滅門慘案」中，被局裡派為方正的助手之後，就與白學長結下不解之緣。後來在警政署特別成立的「白方正特別行動小組」，被方正欽點為助手。為人樸實，對方正有著無限的欽佩，是個辦事非常可靠的手下。

葉淑蘋

紅靈，21歲時死亡。「葉家三口滅門慘案」中慘遭殺害的女兒，因為方正的幫忙，而順利逮捕了兇手，因此決定不管方正的意願如何，也要以身相許。曾經找上任凡協助，但是在方正的干預之下，任凡決定保持中立，讓他們兩人自己解決問題。時常出現在方正身邊，美其言為照顧方正，實際上是希望方正有一天願意迎娶自己入門。

孟婆

撚婆的乾媽，任凡的乾奶奶，亦是眾所皆知的遺忘之神，專職管理「遺忘」一事，常駐於地獄的奈何橋邊。凡是要通過奈何橋離開地獄者，皆必須喝下孟婆所熬製的孟婆湯，以忘卻過去所有的記憶，包括前世及地獄裡的一切，方可投胎重生。

易木添

自小被廟公收養，聽遍天師黃鳳嬌（撚婆）與猛鬼鬥法的故事，因而拜進奇門遁甲大師門下，以成為像黃鳳嬌天師一樣的高人為目標。在先前的一個案件中遇見任凡，誤以為任凡是騙神騙鬼的神棍，因而把任凡當成宿敵。

屈原

中國歷史上著名的愛國詩人，生前為戰國時期楚國人，因諫言不被採用為楚王流放，至秦國攻楚，在絕望之下投汨羅江而亡，後人紀念他於每年端午節吃粽子。屈原死後，為奪回自己被水鬼們困在汨羅江的身體，委託任凡幫忙尋回，因而成為其顧客，此後每年端午節左右便會送大批的粽子給任凡當作謝禮。

黃泉雙飛

張飛，三國時期蜀國重要將領之一，與關羽、劉備於桃園結為義兄弟。死後為黃泉雙飛之一，因殺人太多不敢投胎，一直賴在黃泉界。在屈原的介紹下認識任凡，之後遇到大大小小事情都會委託任凡幫忙處理，是任凡的一大客戶，甚至希望任凡加入黃泉雙飛的行列，來個黃泉三結義。

岳飛，南宋時期著名將領，與中國北方金人（女真族）作戰，致力保衛宋朝抵禦外族入侵，最後因受到猜忌被監禁殺害。死後與張飛合稱黃泉雙飛，自命生為宋國人，死為宋國人，拒絕投胎出生在非宋國的土地上，因而留於黃泉界。在與張飛相識後，透過張飛認識了任凡，在一次的委託中成為任凡的客戶。

鬼半仙

生前為清朝開國御用風水師，為大清祖墳重整風水後，卻傳出皇子胎死腹中的大事，皇上大怒將罪加諸其身，因而被處死。風水師死後心有不甘，於是賴在人間要印證自己的風水實力，也因這樣的執著使其成為紅靈。任凡在過去的一次委託中認識了他，並堅持一定要任凡稱呼他「半仙」，此後在任凡需要風水堪輿時，往往能提供一點協助。

廖爺

生前本名廖添丁，台灣日治時期知名江湖人物，傳聞中劫富濟貧的行為使其成為抗日傳奇人物，後遭友人背叛，於其逃亡藏匿地點被擊斃。死後曾委託任凡為其正名而成為客戶，職業為著名大盜的廖爺最擅長「找東西」，在任凡需要尋找關鍵物品時，能借助任凡一臂之力。

葉聿中

職業鬼差，與任凡算是舊識兼死黨，雖然平時看似遊手好閒的賭徒，在必要時候卻是個經驗老到的稱職鬼差，幾度受託逮捕黑靈，幫任凡脫離險境。

程慧芳

從生前一直到死後都執著於教職的紅靈女鬼老師，在一次委託案件中，自認是稱職教師的她反而受到任凡的教化，自此安分地在人間教育著一群鬼小孩。而在這群鬼學生中，疑似為領袖的小鬼於事後委託任凡，使他們擁有一間專屬於鬼師生們的教室。

楔子

1

至今大約一千多年前——

放眼看過去，彷彿來到了海邊，海平線淹沒在天邊。

天空是一片黑暗，沒有任何一點星光。

這片海沒有海浪，更沒有流向，只有不斷翻滾堆疊的黃色泉水。岸邊，一條宛如長蛇的漫長人龍，像是刻意為了凸顯海岸線般，沿著岸邊不斷延伸，遠遠沒入看不見的遠方。

這片詭異的海岸，有一座說寬不寬、說窄不窄的橋梁，彷彿一道從岸邊投射出去的光線般，射向海洋，深入到那看不見的黑暗之中。

橋梁上面一左一右走著兩條人龍，其中一條的人就跟岸邊的人一樣，面無表情，一臉發生什麼事情都無所謂的模樣，好像行屍走肉般，無言的前進著。另外一條的人們，有的驚恐，有的無奈，有的痛哭，充滿各式各樣的表情。兩條人龍有著強烈的對比。

有一條無法跨越的柵欄，將兩條人龍分隔開來。

其中一條人龍在下了橋之後，就會被許多兇猛的怪物押走，而另外一條要上橋的人則與岸邊那條漫長的人龍連成一線，兩條人龍好比一個「儿」字，在橋的一端分岔開來。

這裡是黃泉，這座橋梁正是眾所周知的奈何橋。

岸邊的這條人龍，是償還了上輩子所有罪過、已經洗滌過的靈魂，他們將重新回到輪迴的行列。

橋的兩端，走著兩條渾然不同命運的兩隊人馬，一邊結束了苦痛，終於盼到了來生，一邊結束了前世，才剛要開始贖罪的旅程。

奈何橋上，有的只是無可奈何，靈魂之渺小與無奈，全在這座橋上。

我們都是命運的浮木，漂到哪裡，身不由己。即便投胎到好人家，也不可能保證會有一個好的人生。

而在重新開始之前，按照慣例，必須在黃泉這端的奈何橋邊，喝下可以忘卻一切的孟婆湯。

這是大家都知道的事情，也是流傳已久的風俗。

事實上，孟婆湯的藥效，並不會在你喝下去的時候立即見效。

而是直到出生，差不多兩歲左右，才會將你的記憶完全消除。

換言之，你會在兩歲之前，仍然保有一些前世的記憶。

讓你知道你所擁有的一切，都是你應得的，不管是好還是壞。

在橋梁的入口處，就是孟婆駐守的地方，這裡有一條長長的桌子，上面擺著一碗又一碗冒著白煙的孟婆湯。

所有準備投胎轉世的人都必須在這裡，用手指沾著孟婆湯，放入口中，然後就可以發揮出忘卻前世一切的功效，跟大家所想的一飲而盡有著很大的差別。

人龍分成好幾隊，一個接一個用手沾著擺在桌上的孟婆湯，抿完之後才上橋。

這條人龍之中，有些人因為前世作惡多端，已經在地獄承受了好幾層酷刑的洗禮，有些人則是善惡參半，很快就有了再次輪迴的機會，但是眾人卻是一樣面無表情、了無生氣。

在桌子的後面，站著一排排的童男童女，負責監督這些準備上橋的人，確實喝下孟婆湯。

而負責熬煮這些神秘湯汁的孟婆，坐在後面的石頭上，漫不經心地看著這條永無止境的隊伍。

「不！我不喝！」一個男子的怒號，讓這了無生氣的隊伍頓時有了一點生氣：「喝了這個我就會永遠忘記我最愛的小倩！我不喝！」

負責監督的男童，無奈地看了一下後面。

原本一直坐在石頭上的孟婆，懶洋洋地站起身來，朝兩人這邊走了過來。

「不喝也行，」孟婆面無表情地說：「不喝就不能上橋，你想要轉生，就得游過去。」

孟婆用手指了指旁邊滾滾翻騰的黃泉。

男子一臉傲然，大步朝黃泉邁了過去。

所有人這時都屏住了氣息，看著男子豪邁地朝黃泉走過去。

孟婆見狀，嘆了口氣搖了搖頭。

像這樣的人，每隔一段時間就會出現個一兩個，當然他們接下來的反應，孟婆也見多了。

只見男子來到黃泉邊，二話不說，將腳朝黃泉裡面一踩，所有人跟著倒抽了一口氣。

下一秒鐘，男子就發出了連身在地獄都讓人覺得痛苦的哀嚎。

「啊……喔……呀……」

男人一邊放聲哀嚎，一邊將腳從滾滾黃泉中抽了起來，眾人一見無不毛骨悚然，只見男子原本好好的一隻腳，頓時被削到可以直接看到骨頭，不但如此，許多殘留在腳上的筋，還纏繞著一圈圈的鐵絲，宛如活著的蛇般咬著男子失去皮膚的筋脈。

男人痛到在地上打滾，其他旁觀的人也堆起一張苦臉，彷彿也感覺到男子的痛楚。

孟婆見狀，皺著眉頭示意前面的童子，童子點了點頭，將其中一碗孟婆湯捧到了男子面前。

「受不了就快喝吧，真是的。」

男子不再猶豫，立刻伸出了手舀起孟婆湯，正想往口裡面送。

「欸，別喝那麼多，抿一下就好了，喝那麼多，你想下輩子變成什麼都記不住的笨蛋嗎？」

男子聞言停止了動作，張大了嘴最後只好含住自己顫抖的手指。

孟婆不耐煩地揮了揮手，要童子送男子上橋。

一場騷動在男子上橋之後告一段落，人龍又恢復了原本的面貌。

孟婆監督了一下人龍的行進，才坐回剛剛的石頭。

想不到她才剛坐上去，人龍之中一個男子來到了桌前，兩眼直直瞪著擺在眼前冒著白煙的孟婆湯。

男子問童子：「只要喝了，就能夠忘卻一切的苦痛嗎？」

童子頭連抬都沒有抬，簡短的應了一聲：「嗯。」

「真的什麼都能忘記？」

「一直到你下輩子死去為止，回到黃泉才會想起。」

男子沉默了一會，搖了搖頭說：「不，我想要永遠忘記。」

他說完就捧起了滿滿一碗的孟婆湯，毫不猶豫仰頭一飲，將整碗喝得一乾二淨。

「啊！」

男子一氣呵成，童子來不及阻止，只能眼睜睜看著男子一飲而盡。

男子喝完之後，兩眼一瞪，整個人像是失了魂，愣愣地看著前方，張大了嘴一言不發。

「唉，」孟婆一臉不悅從後面走過來，搖搖頭道：「先來個討痛的，又來個二愣子。這小子喝掉一整碗，我看他八世都不會回神，真是造孽啊。」

男子充耳未聞，兩眼發直，孟婆知道不管自己說什麼，中了孟婆湯之毒的他，根本不可能聽得懂。

孟婆指了指男子前後的兩個人，不悅地說：「你們兩個，帶著他一起過橋吧。」

過飲孟婆湯而中毒者，輕者失憶一生一世，重者可能就跟眼前這個男子一樣，連續八世大腦都像白紙一樣，沒有辦法記憶任何東西。

男子在前後兩人的牽引之下，緩慢地上了橋。

孟婆看著男人的背影，沉重地嘆了一口氣。

孟婆不會去聆聽是怎樣的故事，讓男子想要徹底失去所有的記憶。在這條漫長的輪迴世界，總有無數的悲慘故事會讓人想忘卻一切。

男子上了橋之後，過了一會，人龍之中有個女人大聲呼喊著男子的名字。

當然，男子已經身受孟婆湯之毒，不可能有所回應，在一前一後兩個人的牽引之下，男子愣愣地向前走著。

看男子毫無反應，女子又喊了兩聲，可是男子卻默默走出她的視線。

女子順著人龍，來到了孟婆湯之前，看都不看就直接朝黃泉邊走去。

眾人又是一片喧譁。

雖然不算什麼稀奇的事情，在這條數千萬年都不曾間斷的人龍之中，總會發生類似這些事情。

但是像這樣在短時間裡面，接二連三發生兩人拒喝，一人過飲，就連孟婆也沒見過。

孟婆連過來都懶了，只是靜靜地在遠方看著女子。

女子來到了岸邊，先看了看橋，然後低頭看了黃泉一眼之後，毫不猶豫地將腳一伸踩入黃泉。

眾人見到女子義無反顧的模樣，不禁為她捏了一把冷汗。

就算沒見過，也大概都聽過，身入黃泉，宛如千刀萬剮，宛如浸泡油鍋。更何況，大家剛剛才親眼目睹前一個硬漢的慘狀。

女子卻不作二想，一腳踏入黃泉，眾人也隨著倒抽一口氣。

四周一片寧靜，大家都屏息看著女子。

女子沉重地喘著氣，脖子因為痛苦而伸長，她緊閉著雙眼，過度的疼痛讓她渾身都無法動彈，但仍然咬緊了牙，將另外一隻腳也放到黃泉之中。

此舉讓所有岸邊的人一陣騷動。

只見女子一步一步堅定地向前走，哪怕每一步都是如此的艱難。

雖然女子並不是孟婆看過第一個踏入黃泉的人，可是她的堅定卻是孟婆前所未見的。

此刻，就連孟婆都願意相信，她說不定真能忍受千年之苦，渡過黃泉，保留自己的回憶。

女子一步接一步，讓自己的身子慢慢淹沒在黃泉之中。

就在女子的臉沒入黃泉的剎那，孟婆清楚地看到了，她的臉上浮現了笑容。

2

至今約七年前——

夏日午後的街頭，和煦的陽光灑上了金黃的色彩。

在這悠閒的下午，連街上的車子看起來都懶洋洋的。

今天不是假日，所以逛街的人潮十分稀少。

一個面貌姣好的妙齡女子，推著輪椅，為懶洋洋的街道增添了不少光彩。

輪椅上面坐著有點年紀的男子，雙眼失神地看著前方，歪斜的頭讓他的嘴角自然地張開，唾液也順著嘴角流了出來。

女子見狀，微笑著拿出了手巾，溫柔地幫男子抹去唾液、整理了一下頭髮，眼神中盡是愛憐，不知情的路人會將兩人當成一對感情深厚的父女。

遠處的路口十字燈號正在變換，幾個趕著過對面的學生，開始奔跑了起來。

在這個時候，一輛右轉的車子，正好與其中一個學生的路線交錯。車上的駕駛看到突然衝出來的學生也嚇了一跳，趕緊轉動方向盤試圖避開。

車子閃過了學生，卻筆直地朝著路邊的這對男女而來。

女子見狀，下意識地將輪椅用力推開，自己卻來不及閃避，車子攔腰撞上，女子柔弱的身軀被撞飛了起來。

路上的行人尖叫聲此起彼落。

女子無力地從空中降下撞擊在地面上，滾了一會才停了下來。

她渾身是血，癱倒在地上。

同時含淚看著輪椅上面的男子，男子根本不知道發生什麼事情，愣愣地坐在輪椅上。

雖然這是一場意外，但是女子並不意外，她知道這是她的代價。

就在她緩緩閉上了雙眼，結束這一生之前，她的嘴角對男子說出幾個無聲的字——

我、會、等、你。

第1章・意外的訪客

1

幾個月前，轟動社會的W大學連續殺人事件，最後在警政署特別組織「白方正特別行動小組」的努力之下，獲得了完美的結果。

案件中的兇手——張雅欣最後雖然畏罪自殺，而唯一的生還者也被送進了精神病院接受治療，但是整起事件白警官仍然查到水落石出，總算是不幸中的大幸。

而方正花了一個月的時間，整理事件的始末，完成了一份「W大學生偽裝靈異連續殺人事件報告」。報告不但請來三位科學鑑定專家，還加上兩個曾經當過作家與國文老師的員警聯手協助方正製作，內容精采絕倫，過程刺激緊湊，儼然像一本精采的警匪偵探小說，將兇手大學生的心靈剖析成為六個層次，每個層次都可以有不同的殺人動機，並且將她殺人的手法逐一解析。

由於報告不但專業，還有十足的證據當作佐證，非常適合成為所有第一線警員的教材，因此警政署立刻將之複製，放在各個警局，奉為圭臬。台中市某分局的分局長還以此為臨時作業，要員警熟讀，並且進行考試。

就在一片讚美與崇拜的聲浪之中，方正卻接到了法醫的電話，告知有些關於報告裡面的事情，需要跟方正討論一下，希望他可以來一趟。

正因為如此，方正才會再一次出現在法醫辦公室外。

方正曾經來過這裡一次，就在數個月前W大學生殺人事件的時候。

上一次來，閃爍不停的燈光為這讓人不安的停屍間，增添一些恐怖的氣氛。想不到相隔幾個月之後來訪，燈光仍舊閃爍不停。

有沒有那麼缺經費，連個燈都換不起嗎？

方正在心中抱怨著。

嚴格說起來，在那份報告，溫法醫也扮演著非常關鍵的角色。畢竟她的驗屍報告也在其中，而很多關於科學驗證的部分，都是幾個科學鑑定專家，從那份驗屍報告裡面，逐步推敲出來的。為了求得一個合理的解釋，眾人做了快要一百個實驗，才勉強擠出一個可能性來。

——溫佳萱。

還記得當時女法醫告訴自己的名字。

來到了法醫室門前，方正不免擔心了起來。

該不會是內容真的有什麼問題吧？

原本還對報告內容非常心虛的方正，想不到交出報告之後，獲得了廣大的好評與回響。這時因為法醫的一通電話，又開始擔心了起來。

萬一法醫真的提出了一堆問題，自己連報告都沒有看熟，肯定一問三不知。

可是也不能就這樣逃之夭夭吧？遲早都要面對的。

方正敲了敲門，過了一會，裡面傳來佳萱的聲音。

「請進。」

方正調整一下呼吸，打開門，佳萱的笑臉浮現在眼前。

「謝謝你特別跑一趟，白警官。」

「哪裡。」

「你的報告我看完了，」佳萱笑著說：「內容真的很精采，推理的部分也很合邏輯。很不錯，的確非常適合當作員警們辦案的教材。」

聽到佳萱這麼說，方正不好意思地搔了搔頭。

「不過，」佳萱一臉神秘：「裡面寫的全是Bullshit，根本都是你瞎掰出來的，對吧？」

「耶？」方正張大了嘴：「當、當然不是！那些都是照著事件蒐集到的證據，據實寫下來的。」

「可是我沒有看到最重要的一個東西，」佳萱有點調皮地側著頭：「你辦案的根據都是建立在這個東西之上，怎麼可以忽略那麼重要的東西呢？」

「什麼東西？」方正一臉狐疑。

「那就是白警官你……」佳萱張大眼睛瞪著方正：「看得到鬼。這點沒有寫進去吧？」

聽到佳萱這麼說，方正驚訝到不行，眼睛瞪得老大，連下巴都快要掉下來了。

「妳、妳怎麼會知道！」

「啊？你怎麼這樣就承認啦？」

這下子換成佳萱驚訝了，萬萬想不到，才一句話方正就等於不打自招了。

「我以為你會死命辯解，」佳萱無奈地笑著說：「還特別從報告裡面找了很多疑點出來，想要讓你無法解釋才承認。」佳萱丟開手上的報告：「真是白費功夫了。」

「我覺得我隱瞞得很好啊，妳是從哪裡看出來的？」

「嗯，該怎麼說……」佳萱皺著眉頭：「直覺吧。」

「啊？妳不是有證據才這麼說的嗎？」

佳萱搖搖頭。

方正懊惱地抓著頭，想不到自己最怕被人知道的秘密，卻如此輕易就被套了出來。

「好吧，既然你那麼坦白，那麼我也告訴你吧。會有這樣的直覺是因為……」佳萱苦笑著聳了聳肩：「因為我也看得見。」

就在佳萱這麼說的同時，頂上的電燈泡也一明一滅地閃爍了起來。

「我早就知道，這邊肯定有問題！」方正恍然大悟：「怎麼燈老是閃來閃去的，然後大家都當作沒事？一定是因為妳有陰陽眼，所以這些鬼魂都聚集在這裡才會這樣。」

佳萱淡淡地笑了笑回道：「是不是因為我，那些鬼魂才聚集在這裡我不知道，不過這裡有停屍間，送過來的多半都是枉死，會聚在這也是理所當然的啊。」

「說的也是。」

或許是同樣擁有陰陽眼的關係，讓關於方正的許多傳說，瞬間破了功。可是在佳萱看來，他卻是出乎意外的率直。至少在那些傳說之中，他謙虛與隨和的態度是千真萬確的。

「妳找我來這裡，」方正堆著苦瓜臉：「該不會真的要我把這件事情放在報告裡吧？」

「你說呢？」佳萱調皮地說：「就算你寫了，除了我之外，我看也沒人會相信吧？更何況你現在是警界的至寶，你就連傷風、感冒都會引起高層緊張，把這件事情公布開來，連我都不敢想像會有什麼樣的結果。」

「那妳找我來是……」

佳萱聽到方正這麼一問，臉色沉了下來。

「嗯，因為我遇到一件很特別的事情，除了你這個有陰陽眼的高級警官之外，不知道還有誰可以幫我。」

「喔？」

「大約在半年前，我這邊突然來了一個老人家的鬼魂，這裡所有的遺體，都是由我來執行解剖，可是這個鬼魂我卻從來沒有見過。就在我還在疑惑他到底是誰的時候，我接到了通知，要我去現場。我到現場之後，才發現案件中的屍體，竟然就是那個老人家。原本可能會被當成意外結案的案子，因為我的堅持，把遺體送到了這間法醫室。我立刻進行檢驗，果然在 Run 過幾個檢驗之後，發現了微量的毒物反應，我把這件事情記錄在報告裡面，並寫下不排除為他殺的可能。」

方正點了點頭表示了解，畢竟像這種靠鬼辦案的經驗，方正可以說是全警界最豐富的一個。

「想不到最後警方就靠著這條線索，將被害人的親屬逮捕歸案，最後證實的確是他們殺害的。這件事情不但讓他們無法得到遺產，還牽連到不少人。有些不甘心的家屬，曾經來過我這邊大鬧一場。在警方的面前，他們也拿我沒辦法。但是我聽說他們為了報仇，特別跑到泰國找人施法之類，於是就變成這樣的結果了。」

佳萱說完，用手指了指方正後面的櫃子。

方正轉過頭，什麼東西都沒有看到。

「你不拿下太陽眼鏡，看得到嗎？」

方正被佳萱這麼一說，才赫然想到自己還戴著耳塞與眼鏡，戴著這兩個東西，就可以遮住左眼跟左耳，讓他看不見也聽不見鬼。

這是怕鬼的方正最有力的法寶，為了應付沒有辦案的期間，可以不用見到那些讓他肝膽俱裂的鬼魂。

「妳怎麼連這個都知道？」

「我有聽說白警官平常都會戴著太陽眼鏡，只有辦案才會拿下來，所以我猜那一定是個不可思議的東西，可以在不需要的時候，讓你的陰陽眼失效。如果可以的話，我也希望有這樣的東西。」

佳萱苦笑。

「對嘛，這才是一個擁有陰陽眼的人正常該有的反應。」方正心想：都是因為跟任凡在一起，方正才會覺得自己好像很沒用。畢竟全世界有陰陽眼的人，恐怕只有那個變態的任凡會樂在其中吧？大部分的人應該都很不希望擁有這樣的能力吧？就算自己真的害怕那些東西，也是『正常』不過的事情，不代表自己的膽子就是小。

方正回過神來，看到佳萱用手指了指後面的櫃子。

方正轉過頭去，緩緩拿下眼鏡，一看之下倒抽了一口氣。

真如佳萱所說的一樣，在櫃子旁邊與上面，躲著三個小鬼。

雖然方正不能像任凡一樣，一眼就看出每個鬼魂的屬性，更不可能知道每個鬼魂的危險性，但是就一個警官以及人類的本能，都在在告訴方正，這三個小鬼很危險。

光是他們盯著兩人看的表情與那發光的白眼，就足以讓方正感覺到不寒而慄了。

「自從那些家屬從泰國回來之後，這三個小鬼就一直遠遠的跟著我，不管我到哪裡都如影隨形。這不是我第一次被鬼魂跟著，所以一開始也不以為意，一直到幾天之前……他們襲擊了我。」

方正緊張地問：「妳沒事吧？」

「有事還能在這邊跟你說話嗎？」佳萱苦笑，捲起了袖管，露出手上的抓痕傷口：「只是一點皮肉傷，而且我覺得那次的襲擊只是一種演練之類的，可是這一次他們給我的感覺……」

「這還有沒有王法啊！真是太過分了！」方正聽了後，為此憤慨不已：「殺人本來就不對了！現在被妳識破了他們的手法，竟然用這種方法來報復，太過分了！妳也不過只是盡忠職守而已，他們沒有資格這樣對妳！妳立刻給我那些人的資料！我去把他們通通逮捕起來！」

「然後呢？你有辦法找到證據嗎？」佳萱嘆了口氣，不減無奈的笑容：「你該不會真的想告他們下降頭或養小鬼吧？」

被佳萱這麼一說，方正也愣住了。

的確，佳萱再怎麼說，也是法治人士，如果法律可以制裁他們的話，佳萱早就自己解決了。

「以我過去的經驗，他們恐怕今天晚上，就會找機會襲擊我了。」佳萱瞄了三隻小鬼一眼：「我不知道除了你之外，還有誰可以幫助我。」

方正低頭沉吟了一會。

的確，遇到了這種事情，除非真的找到熟悉泰國降頭術之類的人，或者懂得這些靈異東西的人才能夠解決。

在方正又淺又短的靈異經驗裡面，他只能想到兩個人，或許可以解決這樣的事情。

一個當然就是那個黃泉委託人，問題是任凡不接活人的生意，所以找他可能有點困難；另外一個就是上次在大學生靈異殺人事件之中，與自己一起調查事件的易木添法師，可是聽說易大師在那次與任凡相遇之後，又開始閉關，失去了蹤影。

現在能找的也只有任凡了。

方正在心中盤算，該如何跟任凡周旋，說服他幫忙。

考慮了一會之後，方正吞了吞口水說道：「我想，我認識一個人大概可以幫妳，妳願意相信我嗎？」

佳萱苦笑點了點頭說道：「全世界只有你知道我有陰陽眼，這件事情是我人生最大的秘密，我都這樣告訴你了，還不相信你嗎？」

方正看著佳萱，心頭忽然感到一陣心猿意馬，過去來這裡多半是為了公事，目光也大部分都集中在被害者，從來就不曾像現在這樣注視過佳萱。

原來佳萱長得還挺好看的。

回過神來，方正趕緊甩了甩頭，將視線移開，有點手足無措地說：「雖然他們晚上才會發動攻擊，不過為了安全起見，我們還是趕快出發吧。」

2

雖然知道任凡不會接受活人的委託，可是現在人命關天，也顧不了這麼多了。

對於方正來說，一個有陰陽眼的女法醫，這怎麼聽都覺得不搭，畢竟一個應該是不信鬼神的職業，搭配上一個不信鬼神也不行的感官功能，真不敢想像這一路走來，她是如何面對自己與同儕。

所以在路上，方正問了佳萱是什麼時候開始有陰陽眼的。

「我從小就有陰陽眼，常常會看到一些孤魂野鬼，可是我不敢跟其他人說，就連你也是我第一個認識有陰陽眼的人。」坐在客座的佳萱告訴方正：「我們家是醫生世家，所以家父一直希望我可以繼承家業。後來我順著父親的意願去醫學院，卻發現自己一點也不適合當醫生。」

「怎麼說呢？」

「對一個擁有看透生死的陰陽眼來說，拯救生命似乎變得有點毫無意義了。」佳萱慘然一笑：「有時候死亡也是一種解脫，不是嗎？」

方正不置可否，因為類似的想法他也在任凡與那些鬼魂身上體會到了。

「所以，從某個角度來說，法醫說不定是我的天職。」佳萱笑著說：「我聽人家提過，你好像有幾次連屍體都沒有看到，光看血跡就知道被害人是怎麼被殺死的。所以才懷疑你是不是真的也跟我一樣有陰陽眼，因為有時候，我根本不需要解剖都知道被害者的死因。」

遠處，那兩棟宛如雙生兄弟的廢棄大樓緩緩出現在車窗外面。

「啊！」

方正突然想到一件重要的事情，緊急將車子停在旁邊。

佳萱不解地問道：「怎麼啦？」

看到那兩棟廢棄大樓，方正才赫然想到這兩棟大樓的特殊環境。盤踞於其上的大量鬼魂，可能會讓擁有陰陽眼的人嚇破膽。

一心只想著找任凡幫忙，卻忘記了在這條路上，還需要突破這層障礙。想當初自己剛有陰陽眼的時候，被那群鬼魂嚇暈了好幾次。

佳萱疑惑地看著方正，方正考慮了一會，苦著一張臉轉過來問佳萱：「妳願意再相信我一次嗎？」

「噗，你很喜歡叫女孩子相信你齁。」

「不是，事情不是妳想的那樣，」方正急忙搖著手：「只是我不知道該怎麼跟妳解釋。」

看到方正緊張的模樣，讓佳萱的心情也跟著開朗了起來。

「看得出來，白警官你一定有很多女性的粉絲吧？」

方正慌張地否認：「什麼粉絲？我又不是偶像，哪有什麼粉絲。」

「別那麼見外，有也沒什麼好驚訝的吧？」佳萱笑著說：「畢竟白警官你那麼高大，長得也很帥。人很隨和，又很謙虛，更是現在我們警方最重要的大偵探，有幾個女性粉絲，也算很正常的吧？我們法醫辦公室就有一些很崇拜你的女粉絲喔。如果被她們知道，我跟你這樣單獨出來，還共處在一車上面。」佳萱吐了吐舌頭：「說不定我會比現在被三個小鬼追更危險。」

不擅長應對別人稱讚的方正，只能傻笑搔著頭，不知道該說什麼好。

「不過，你要我相信你什麼呢？」

「喔，」方正這才想起，將置物櫃打開，從裡面拿出一條毛巾：「我希望妳把這個蒙在眼睛上，讓我牽著妳的手，帶妳進去。」

聽到了方正的話，佳萱有點驚訝。

這是方正考慮之後的方法。

如果跟佳萱解釋，為什麼那塊土地有很多鬼魂聚集，勢必得提到任凡。提到任凡，勢必還要解釋什麼是黃泉委託人。想想還是這樣最快，等到整件事情告一段落之後，再慢慢跟她解釋也可以。

眼下只要讓她安全通過那片土地就可以了。

「相信我，這是為妳好，我事後一定會跟妳解釋清楚，因為現在我們好像沒有那麼多時間可以解釋了。」

天色已經逐漸變暗，而方正看著照後鏡，有三對發光的白眼睛遠遠地在後面跟著。

佳萱猶豫了一會之後，緩緩地點了點頭，將毛巾綁在眼睛上。

3

方正牽著蒙住眼睛的佳萱，走入這熟悉又恐怖的地方。

這裡是黃泉界最有名的地標之一，也是黃泉委託人的根據地。

除了黃泉委託人謝任凡之外，還有許許多多的鬼魂把這裡當成自己家，盤踞在上面不願意離開。

雖然任凡說過這群鬼魂，只要別人不惹他們，他們是很溫馴的。可是方正可不像任凡對這群鬼魂那麼有信心，雖然已經多次出入此地，但是每次或多或少還是有點恐懼。

讓佳萱蒙著眼睛還有另一層的顧慮。方正擔心佳萱看到這群鬼魂，忽然尖叫或是什麼不當的舉動，反而會驚嚇到這些鬼魂，到時候沒有救到佳萱卻害了她，那就不妙了。

他們緩緩地來到了右邊的廢棄大樓。

方正一步步領著佳萱上樓梯，並且體貼的要她小心腳步。

終於來到了六樓，眼前是那連接兩棟大樓的紅色地毯，正飄浮在空中。

這下子換方正緊張了，就在他考慮要如何帶佳萱走過這條紅地毯時，後面的佳萱突然開口。

「我大概知道，你為什麼要我蒙上眼睛了。」

「嗯？」

方正心想，該不會天生有陰陽眼的人，連用布遮著也沒用吧？

只見佳萱苦笑著說：「剛剛有不少……碰到我了。因為我的靈異體質，所以有時候會被……好兄弟碰到。」

方正恍然大悟，原來有靈異體質的人，真的比較容易跟靈界的好兄弟們接觸，這點倒是出乎方正意料之外。

方正皺著眉頭說：「嗯，妳有心理準備就好，既然這樣的話，妳可以把毛巾拿下來了。」

佳萱緩緩將毛巾拿下來，張大了雙眼一臉不可思議。

眼前是兩棟蓋到一半的廢棄大樓，兩人正站在其中一棟的頂樓，兩棟之間有一條騰空架起的紅地毯。

往下面一看，大樓底下四處可見鬼魂在中間雜草叢生的荒地竄動。不但如此，空地的角落還搭著一個戲棚，不但有許多鬼魂在下面當觀眾，戲台上面還有許多鬼魂在上演著精采戲碼。

還有一群小鬼拿著一顆頭，在互相傳接球，而那顆頭顱的主人，像個無頭蒼蠅般，受困其中，揮舞著雙手，試圖搶回那顆原本應該在自己脖子上的頭顱。

「這裡到底是什麼地方啊！」

佳萱驚呼，訝異到屏住氣息差點忘了呼吸。

彷彿來到了另外一個世界，如果不是附近的景色看起來就跟人世間沒什麼兩樣，佳萱會認為自己真的來到了地獄。

「這就是我讓妳蒙眼的原因，我也不知道該怎麼跟妳解釋這裡的特殊情況。」方正用手指著紅毯的對面：「不過我們要找的人就住在這裡，也就是越過這條紅毯之後的對面。」

佳萱看了看四周，沉吟了一會，勉強擠出一點笑容：「我有點好奇了，究竟是什麼樣的人會住在這種地方。」

方正率先踏上紅毯，慢慢地朝對面走去。

佳萱用腳試了試紅毯，發現紅毯跟地面沒什麼兩樣之後，也慢慢跟上。

「哇，」看著腳下那四處遊蕩的鬼魂，佳萱驚訝地說：「我就算去掃墓，也沒看過那麼多的鬼魂聚集在一起。」

方正小心地帶著佳萱走過了紅毯，這時才想到了一個很重要的問題。

要是任凡不在家，那該如何是好呢？

還好才剛踏進客廳，就看到任凡蹺著二郎腿，喝著咖啡，一臉悠閒到不行的模樣。

方正喜形於色地對任凡說：「謝天謝地，你在家就好了。」

「喔？」任凡看到方正，有點驚訝地張大雙眼。「真難得，你是來接淑蘋的嗎？我不知道你們現在感情那麼好了，難怪最近淑蘋似乎很開心的樣子。」

聽任凡這麼一說，換方正瞪大了雙眼。

「啊？」

這時跟著方正從後面露出頭來的佳萱，向任凡點了點頭打了招呼。

任凡見到佳萱，手上的咖啡停頓在空中。

「老公！」淑蘋的聲音從後面傳來。

這時連任凡都用一臉「你糟糕了！」的表情看著方正。

方正張大了嘴，看著任凡。

方正這才想起，每個禮拜的這個時候，淑蘋都會來找任凡的兩個老婆，學習一些「當鬼」的技巧。

淑蘋從後面出來，看到真的是方正，很高興的上前，飄沒幾步，便看到方正身後的女人，立刻停了下來，指著後面的佳萱問道：「這女人是誰？」

方正白了淑蘋一眼，不悅地回道：「干妳什麼事？」

「你上次從酒吧帶回來一個女的，我都原諒你了，這次這女人又是哪裡帶回來的？」

眼看淑蘋一副聲勢凌人的模樣，似乎把自己誤會成方正的對象，佳萱趕忙解釋道：「對不起，我想妳誤會了。」

佳萱這話一出，連任凡也驚訝地張大了雙眼看著佳萱。

「哈，」任凡拍了一下大腿，舒服地向後靠在沙發上：「這下越來越精采了。」

任凡一臉看好戲的模樣，看著這段人鬼之間的三角戀情。

想不到佳萱不但看得到自己，還可以跟自己對話，讓淑蘋也有點傻住了，愣了一會之後，對著佳萱說：「哎呀，妳看得到我？那更好！」淑蘋用手指著佳萱：「妳說，妳為什麼要勾引我未婚夫？」

「什麼？」佳萱驚訝地說：「他是妳未婚夫？」

冥婚佳萱是聽過的，可卻沒聽過冥婚還有先訂婚，彼此以未婚夫妻稱呼的先例。

「妳不要聽她胡說！」一旁的方正厲聲駁斥：「她才不是我的未婚妻！」

淑蘋聽到方正這麼一說，立刻又出聲反駁，兩人你一言、我一語的爭論起來。

就連小碧、小憐也都因為這陣爭吵而走了出來，在任凡的身後站著。

一旁的佳萱完全插不了嘴，滿臉愁容在旁邊看著兩人爭吵。

「妳別太在意，」任凡笑著對佳萱說：「他們小倆口就是這樣。打是情、罵是愛嘛。」

佳萱理解似地點了點頭。

聽到任凡這麼一說，方正立刻轉過來指著任凡罵道：「你不要在那邊挑撥離間！」

方正罵完立刻轉過去對著淑蘋說：「還有妳！上次妳把那個女孩子嚇暈的事情，我還沒跟妳算帳呢！」

淑蘋正想開口反駁，方正立刻接著說：「是怎樣！我幫妳討了公道，這就是妳回報我的方法嗎？讓我一輩子交不到女友？」

淑蘋聽了張大了嘴，指著方正跟佳萱說：「你看，你還說你跟她只是同事，你擺明就跟她有一腿，才會說我不讓你交女友。」

方正被淑蘋這麼一說，也驚覺自己說錯話，趕忙轉過頭來對著佳萱說：「不是，我不是這個意思。」

「是啊，」佳萱也在一旁緊張地說：「大嫂，妳千萬不要誤會。」

「不要叫她大嫂！」方正粗暴的否認：「她不是我老婆！」

想不到連佳萱都站在自己這邊，淑蘋得意地扠著腰糾正方正：「是未婚妻，還不是老婆，就快要是了。」

兩人又因為這樣開始七嘴八舌地吵了起來，兩人吵得面紅耳赤，佳萱在一旁不停想要解釋，任凡與小憐、小碧卻是笑著看這段人鬼三角戀。

突然任凡臉上的笑容頓時消失，眉頭深鎖了起來。

可是兩人的爭吵讓任凡受到干擾，於是他大聲叫道：「通通都閉嘴！」

見任凡發火，兩人都不敢再多說話，閉上嘴巴看著任凡。

只見任凡板著臉孔，左右張望了一下，然後一臉嚴肅地瞪著方正問道：「你說，你們帶了什麼東西來了？」

任凡這麼一問，方正跟佳萱這才想起兩人前來找任凡的目的，異口同聲地「啊！」了一聲。

4

夜幕低垂，三個鬼影緩緩浮現在廢棄大樓的門口。

他們的目標只有一個——溫佳萱。

只要幫媽媽殺了她，媽媽就會永遠愛護他們。

只要能夠有個媽媽愛護他們，什麼都變得不重要了。

為了這個目的，他們可以不顧自己的死活，更可以為了這個目的，不惜增加自身的罪孽，殺害任何人。

但是才剛踏入這片廢棄空地，三個小鬼立刻本能地警覺了起來。

這裡是什麼地方？

只見廢棄空地中，有許多人或坐著、或站著，所有人都注視著他們三個。

為什麼大家都看著他們？

三個小鬼彼此互相看了一眼，這些日子以來，他們穿梭在陰陽兩界，雖然也曾經看過其他鬼魂，但是像這種地方，聚集比墓地還要多的鬼魂是前所未見的。

不過他們不會這樣被嚇退，就算那女人躲在地獄，這三個小鬼為了得到新母親的愛，也會義無反顧地前往。

只可惜，三個從泰國來的小鬼並不知情，這裡在黃泉界，可是與地獄齊名的重要地標。

他們可以感覺那女人就在六樓。

他們三個貼在一起，一路衝上六樓，所幸這些人並沒有出手攔阻，所以他們也不管那些人，直闖進去。

一衝過紅地毯，進到屋內，想不到第一個納入眼簾的是一個男子。

那男人若無其事地坐在沙發上，手上還端著咖啡在喝。

男人冷眼瞄了三人一眼，然後緩緩皺起了眉頭。

三個小鬼被養在一起不知道多少年了，心靈之間早就已經相通，所以不需要語言也能彼此溝通。

另外兩個小鬼看了看帶頭的小鬼，帶頭的小鬼猶豫了一會，然後示意一樣衝進去照殺，如果那男人敢阻撓，就連他也一起殺掉好了。

帶頭的小鬼草率地做了決定之後，不再猶豫，朝那女人所在的後室前進。

男人見狀冷冷地說：「你們三個小鬼想幹嘛？」

男子瞪視著三個小鬼，三人不甘示弱，連成一線執意從男子旁邊過去。

男人大聲怒斥：「三個小鬼不要命啦！」

這一怒斥把後面兩個膽子比較小的小鬼嚇到縮成一團，躲在那帶頭小鬼的身後。

最前面帶頭的小鬼鼓足勇氣瞪著男子，這時才看到男人後面不知道什麼時候出現了兩個女人。

眼看男子一聲就嚇退了自己兩個弟弟，讓帶頭的小鬼更加發狠。

跟你拚了！

小鬼一發狠，張大嘴「哇！」的一聲朝男人撲過去。

才撲到一半，男人後面的兩個女人也跟小鬼一樣大叫一聲，瞬間變成了綠臉尖牙，朝小鬼撲了過來。

帶頭的小鬼從來沒見過那麼恐怖的怪物，凌空停住整個向後急退。

不行！太恐怖了！

被嚇退的小鬼回頭想要帶著兩個弟弟一起逃走，想不到一回頭，另外兩個同行的小鬼，已經不知道被哪來的其他小孩鬼魂壓在地上動彈不得。

一向橫行在陰陽兩界的這些小鬼，作夢也沒想到，有鬼會比自己還要恐怖，一扁嘴竟然哭了起來。

任凡搖了搖頭。

他不想為難這些小鬼，畢竟會變成這樣並不是他們的選擇。

他可以體會想要被人收養的心情，因為自己也曾經當過這樣的小鬼。

不過也不能就這樣放了，不然他們又得被迫回到飼主的身邊，雙手不知道又要染上多少的鮮血。

「阿丹！」任凡叫著那群老拿黃伯的頭來踢的小鬼頭頭：「把他們三個關到後面去，由你負責，不能讓他們跑掉喔。」

阿丹拍了拍胸口，自信地說：「放心！交給我吧！要是他們幾個敢不聽話，我就把他們三個人的頭都掰下來踢！」

聽到阿丹這麼說，三個小鬼又是一陣嚎啕大哭。

5

見到三個小鬼被人押走，方正才帶著佳萱走出來。

「你這傢伙，」任凡惡狠狠地瞪著方正：「竟然利用我？」

「別這樣嘛，」方正哭喪著臉：「人命關天啊，算我欠你一次，我會還你這個人情的。」

任凡不置可否地聳了聳肩。

原本因為任凡的怒斥而忍氣吞聲的淑蘋，剛剛跟著方正等人躲到後面的時候，又看到方正關心佳萱的模樣，這時候再也受不了了，扠著腰又跟方正吵了起來。

「你真是太過分了！」淑蘋一臉憤怒：「前幾個月的鬼月，街上到處都是恐怖的鬼魂，為了給你個安穩的家，我趕走了多少闖進來的孤魂野鬼？那時候連我的爸媽都上來要勸我下去。我都沒聽，一切都是為了你，你現在竟然這樣對我？」

淑蘋說到後面受不了委屈，竟然哭了起來。

方正一臉無辜地說：「我沒有要妳這麼做啊！」

「你告訴我，」淑蘋抽噎地問：「你到底要我等多久？」

方正心想，長痛不如短痛，如果現在不說清楚，恐怕可能真的會沒完沒了。

於是方正鐵下心，冷冷地說：「妳慢慢等好了，我告訴妳，我寧可孤獨一生，也不會娶妳的。」

這話一說，淑蘋驚訝不說，就連任凡跟小憐、小碧也瞪大了眼睛看著方正。

淑蘋咬著嘴唇，淚流滿面地看著方正，然後又看了看任凡等人，猛一轉頭，哭著跑了出去。

任凡放下手中的咖啡，嘆了口氣道：「唉，有必要說得那麼過分嗎？」

方正無奈至極，轉過去看到小憐、小碧也以責備的眼光看著方正。

回過頭來，就連佳萱都搖頭。

「唉！」被大家這樣投以責怪的眼光，方正委屈又愧疚：「你們不是認真的吧？難道要我誤她一輩子嗎？」

佳萱覺得自己好像害兩人吵架，低聲下氣對方正說：「真的很對不起，害你們夫妻倆吵架。」

方正聽了眉頭鎖得更深：「唉，怎麼連妳也……」

任凡不解地說：「我真不知道你為什麼抗拒淑蘋？我覺得沒什麼不好啊。」

「哪裡好啊？先不要說我們一個是人一個是鬼，婚姻難道不需要有強力的愛情當後盾嗎？你們不也是這樣嗎？」

方正這話一說，小憐跟小碧都摀著嘴笑。

「我答應娶她們兩個的時候，她們還一心想殺掉我。」任凡笑著說：「所以感情是可以慢慢培養的。」

「那是你太異於常人了，別把我跟你相提並論。」

「雖然你這麼說，」佳萓說：「可是看她剛剛的樣子，好像真的很喜歡你，你又何必這麼堅持呢？可以給她一個機會試試看啊。」

聽到佳萓這麼說，方正就像被擊垮的大樓，癱倒在椅子上。

外面突然傳來了騷動。

小憐問道：「外面怎麼啦？」

小碧笑道：「今天晚上的客人還真是不少啊。」

「這兩個好像不算是客人，」任凡不屑地揚起一邊的嘴角冷笑：「其中一個只有麻煩。」

方正癱在椅子上白了任凡一眼：「你是在說我嗎？」

任凡聳了聳肩代替回答。

6

外面會引起騷動不是沒有原因的，果然過了一會，一個亮眼的女子出現在辦公室裡面。

任凡一見到女子，立刻驚訝地說：「真是稀客啊。」

女子掃視了屋內的眾人之後，眼光停留在坐在辦公桌後面的任凡身上。

打從一開始，任凡看女子的眼神就非常不一樣，方正上下打量了一下女子，除了有著一張姣好的臉孔之外，看不出什麼特別之處。

畢竟方正現在的陰陽眼，完全是因為任凡的藥水，而一旁的佳萱，雖然有陰陽眼，但是靈感的能力遠遠不如任凡，所以在兩人眼中的女子，除了面貌外型等特徵之外，看不出有何特別之處。

但是這女人在任凡的眼中，卻是非常的不平凡。

她身體除了透出一點紅光之外，隱隱約約還看得到一些五顏六色的光芒，好像彩虹一般炫亮。

女子看著任凡問道：「你就是黃泉委託人嗎？」

「嗯，妳好，我是黃泉委託人謝任凡。」任凡淡淡地笑著說：「我聽說過妳，只是沒想到妳真的會來找我。」

女子面露疑惑：「你聽過我？」

「嗯，」任凡點了點頭說道：「在我的眼中，像你們這些徘徊在人世間的鬼魂，都有代表你們死時心靈狀況的顏色。可是妳卻像彩虹般炫亮，那是因為，妳並沒有洗清過妳的靈魂。」

任凡直視女子雙眼，自信的問道：「我想，妳就是那個拒絕喝孟婆湯，橫渡黃泉承受千年之痛，只為了保存前世記憶的吳敏吧？」

「那是我前世的名字，」女子笑道：「我現在的名字是陳家瑜。」

「我有聽乾奶奶提過妳，也聽她說過妳可能會找上我的事情。」

「你的乾奶奶？」

「就是守在奈何橋邊的孟婆，我相信妳一定見過她吧。」

「喔——」家瑜點了點頭：「那她有告訴你我要委託你什麼嗎？」

任凡搖了搖頭。

「請等我一下。」

家瑜說完，走了出去，過了一會之後，家瑜牽著一個男子的手，一起走進辦公室裡面。

與家瑜不同，男子身上透露出有點刺眼的白光，這是非常特別的白靈。只有喝了過量的孟婆湯，身中孟婆湯之毒的靈魂才會有這樣的現象。

「這是什麼情況？」任凡似笑非笑地搖搖頭：「一個拒喝孟婆湯的執著靈魂，帶著一個喝了過量孟婆湯，導致魂魄失神的靈魂，來找我這個黃泉委託人。」

家瑜牽著男子，向任凡介紹：「他是張銘鈺。」

「就算出於好奇，」任凡攤開手，笑著說：「我也很想知道你們到底想要委託我什麼？」

「我想請你，幫他解孟婆湯之毒，讓他恢復記憶。」

任凡挑眉問道：「什麼？」

家瑜重複一次：「我想委託你幫他解孟婆湯之毒。」

任凡搖搖頭，冷冷地說：「很抱歉，那是不可能的。」

看到任凡如此果斷地拒絕，家瑜臉上頓時宛如蒙上一層霜，眼神瞬間變得冰冷銳利。

家瑜冷哼了一聲：「哼，看來百聞不如一見，黃泉委託人也不過爾爾。」

家瑜此話一出，現場的氣氛立即結了冰，大家都屏住氣息看著任凡。

想不到任凡只用眼角冰冷斜視，不在乎地回答：「妳不用激我，」任凡指了指在一旁的方正：「我跟旁邊這個男人不一樣，不是腦袋糊成一塊，可以讓妳隨便擺弄的傢伙。」

方正正想張嘴反駁，但是看到家瑜的模樣不敢造次，只好將氣往肚裡吞。

「我的確知道解孟婆湯的方法，不過……」任凡敲了敲牆上著名的六大不接原則中的其中一項：「就像這上面寫的一樣，知道前世是天理循環所不容許之事，不然也沒人需要喝孟婆湯了。」

家瑜笑了一聲，然後轉頭看著自己帶來的男子，幽幽地說：「我七年前就被車撞死了，這七年來我徘徊在人世間，就是為了等他。現在他也往生了，我等待了千年就是為了這一刻，你認為我會毫無準備就過來委託你嗎？」

「妳不用白費心機了，」任凡低著頭說：「就算妳給我一座金山，我也不會接受妳的委託的。」

「我沒有金山可以給你，甚至沒有任何有價值的東西可以給你。」家瑜神秘地笑著，看著任凡說：「不過我可以給你一個情報。」

任凡不以為意地笑問：「什麼？」

在任凡的委託報酬中，的確有不少以情報為代價。但是他很懷疑，有任何情報有這個價值，可以動搖自己的六大不接原則。

「我是從『武照』那邊得到這個情報的。」

任凡臉色一沉，瞪著家瑜一會，才哼了一聲說道：「怎麼可能，妳知不知道她現在人在哪裡？」

「她現在在哪裡，只有問你才知道，」家瑜笑著說：「不過，我是說真的。就在四年前，你跟她決戰前夕，她告訴我的。」

聽家瑜這麼一說，任凡皺著眉頭。

任凡與武照對決之事，幾乎全黃泉界的鬼都知道，就算家瑜知道也沒什麼大不了的。不過，任凡與武照交戰對黃泉界而言是個傳說，確切時間應該沒有人知道，家瑜連時間都能說出來，看樣子是真的認識武照。

再說，以任凡的名聲和權威，有哪個鬼敢騙他？綜觀整個鬼界也就只有那麼一個白目的菜鳥鬼差。

「姑且聽妳說說看，」任凡聳了聳肩：「妳認為有什麼情報值得我冒這麼大的風險，罔顧自己的原則，接受妳的委託呢？」

「我知道你生母魂魄的下落，這個情報，不是你最想知道的嗎？」

家瑜此話一出，不只有任凡一臉驚訝，就連小憐、小碧在內的現場所有人與鬼，也都是一臉驚訝。

「我警告妳，妳最好不是騙我的。」任凡怒目看著家瑜，惡狠狠地說道：「否則我保證連地獄對妳來說都是天堂。」

7

那個自稱叫做家瑜的女人，為什麼會擁有任凡生母的情報？

她口中所說的「武照」又是誰？

任凡的反應讓方正回想起第一次與孟婆相見的時候，任凡詢問孟婆的樣子。

那時候任凡所說的「她」，會不會就是家瑜口中任凡的生母呢？

比起方正，坐在旁邊的佳萱更是滿肚子疑惑。

所以在送佳萱回家的路上，方正解答了她心中的疑惑。

「那小子叫做謝任凡，對我們還活著的人來說，他只是一個無業遊民，但是對那些鬼魂來說，他有個響亮的名號，叫做『黃泉委託人』。」

「他該不會是接受那些鬼魂的委託，幫鬼魂辦事，以此謀生吧？」

方正無奈地點了點頭，佳萱見狀啞然失笑。

「鬼魂有辦法付他錢嗎？」

「或多或少有啦，就像是那塊地啊，或者是陪葬品啊，甚至是託夢請家人送錢來，總之，那小子就是有辦法從鬼那邊收到酬勞。」

同樣有著陰陽眼，但是佳萱卻萬萬沒有想到有人竟然可以用這個方式來謀生。

「他一定很樂觀吧？」佳萱落寞地笑著說：「我啊，有很長的一段人生，非常憤世嫉俗，老是想著為什麼只有我得要有這種討厭的能力。」

方正點了點頭，表示理解，因為他一開始也非常不能接受這種能力。

「我可以了解妳的感受。」

「我一直抱著這樣的心情，後來發現自己根本不想要當個會救人的醫生，而改讀法醫，家父非常不諒解，還差點把我趕出家門。」佳萱苦笑：「一直到我成為了法醫，第一次感覺到自己的陰陽眼原來也可以拿來幫助這些受害的人民，才逐漸接受自己的雙眼。」

方正點了點頭。

佳萱側著頭說：「想不到吧？當初為了反抗家裡，而選擇的法醫學，竟然成為我的天職，真的很諷刺。」

「哪裡，」方正認真地搖搖頭：「我不覺得當法醫有什麼不好啊。」

「謝謝。」佳萱笑著說：「雖然我已經接受了自己的雙眼，但是我作夢也沒有想到，竟然有人會如此，把這種……當成謀生的工具。」

「還幹得有聲有色，幾乎現在全黃泉界的人都知道這傢伙。」

「你跟那個任凡很要好嗎？」佳萱問方正：「看你們兩個好像好朋友的樣子。」

「哈，我很懷疑有人類可以成為他的朋友。他是個非常……」方正表情扭曲，歪著頭說：

「嗯……該怎麼說……奇特的人。」

「嗯，是真的滿奇特的。」

兩人沉默了一下，似乎都在想著任凡的奇特行為。

「不過啊，」佳萱笑著說：「更讓我驚訝的是，警界至寶的白警官竟然有個鬼未婚妻。」

方正一聽，手一打滑，整台車子頓時搖晃不已。

方正慌張將車子穩住，苦著臉說：「別這樣吧，連妳都這麼說，我真的會想要去跳海了。」

「呵呵，有什麼不好嗎？而且你也不能怪人家吧？一定是你四處留情。你要知道女人的心是很敏感的，如果不是認真的，最好不要給人錯誤的感覺喔。不然演變成這樣，吸引了人家，卻不願意回應她的心，會很讓人傷心喔。」

「唉，」方正重重地嘆了口氣：「事情根本不是妳想的那樣。她是我過去承辦一件兇殺案中的被害人，我也不過就是幫她抓到兇手而已，誰知道她竟然會纏著我，要我娶她為妻。」

「可是，」佳萱不解地問：「她為什麼知道你看得到她呢？而且如果你們沒有講過話，她又為什麼會被你吸引呢？」

「唔……」方正被佳萱問得啞口無言。

「你都有陰陽眼了，」佳萱笑著責備：「難道不知道隨便跟鬼魂講話會出事嗎？你應該謝天謝地了，幸好她是想要嫁給你，而不是要取代你。」

方正不知道該怎麼跟佳萱解釋，自己是因為任凡的藥水才有陰陽眼，而不是天生的。

方正載著佳萱回到佳萱家樓下，車子才剛停好，身為方正特別行動小組的特助，也是方正最得力的助手——阿宏，已經在樓下守候多時。

原來方正在上路之前，已經打電話要阿宏到溫佳萱家樓下。

「那些嬰靈現在被任凡制伏了，」方正告訴佳萱：「我想，飼主那邊應該或多或少也會知道一些事情，等我去請教一些專家，問清楚這件事情該怎麼解決之前，我想還是派個人保護妳比較妥當。所以我請我的手下來，妳如果有什麼需要，可以隨時跟他說。」

「謝謝你，」佳萱笑著說：「受到白警官你的特別照顧，我還真有點受寵若驚。」

「不、不、不，」方正慌忙地解釋：「就算妳不是法醫，保護市民本來就是我們警方的責任，不是嗎？」

佳萱不予置評地笑了笑。

方正送佳萱進去大樓裡面之後，才揮了揮手要阿宏過來。

阿宏興高采烈地跑了過來問道：「學長！這次是什麼任務？」

「嗯，我要你守在這裡，如果看到任何人在這附近鬼鬼祟祟的，就立刻聯絡分局，將他帶回去偵查，知道嗎？」

「是！」阿宏大聲地回答：「請問一下學長，這跟什麼大案子有關嗎？」

「沒有，」方正回答得很乾脆：「只是保護一個市民而已。」

「啊？」

「啊什麼？」方正皺著眉頭說：「你多注意一點，如果到時候有什麼奇怪的人你卻沒有發現，我會找你算帳的。知道嗎？」

阿宏有些失望，但是仍然精神地回答：「是！」

第2章・爐婆登場

1

找上任凡雖然讓佳萱順利躲過了一劫，但是就連方正這種門外漢都了解這只是治標，而不是治本的方法。

第二天，忙完公務之後，方正立刻去找任凡，不巧剛好遇到任凡要出門。

「有什麼事情，我們路上說吧。」

方正無奈，只好上車跟著任凡一起前往目的地。

在車上，方正求著任凡：「你好人就做到底吧，告訴我到底該怎麼做。」

「使用嬰靈的人，必須要握有嬰靈的屍體。雖然現在嬰靈被我扣住了，但是除非我消滅他們，不然他們會想盡一切辦法，回去主人的身邊。」任凡解釋：「你也知道鬼魂的力量，全部來自於他們的心靈。當心靈越來越渴望，力量也會越來越大。現在我關著他們，可是想回到屍身的渴望會與日俱增，遲早會溜掉的。畢竟靈魂跟人不一樣，要困住一個靈魂，沒有那麼簡單。想一勞永逸，除非把他們封印住，可是這樣只會徒增他們的怨恨，將來要是解封了，恐怕會更加危險。」

「那我應該怎麼做？」

「你是聽不懂中文嗎？」任凡白了方正一眼：「我不是解釋得很清楚了？」

「你說的是理論，我問的是我現在應該怎麼做。」

任凡搖了搖頭，說道：「所以你最好可以盡快找到嬰靈的屍身，然後把那些屍身帶來我這裡，我可以請法師超渡，讓他們趕快回到正常輪迴的路上。」

方法聽起來很簡單，但是方正卻完全想不到該怎麼做，難不成要他當小偷，去把那些嬰靈的屍身給偷出來嗎？

「就算找不到那些屍身，也要想辦法，讓操控他們的人跟那些屍身分離。不然他要是一直餵這些小鬼吃血，我不敢保證自己可以關住他們到什麼時候。」

方正懵懂地點了點頭。

任凡將車子停在路邊，指了指旁邊大樓的樓梯，對方正說：「我們到了，你從這邊上去三樓，我先去停車，等等在上面跟你會合。」

方正「喔」的一聲下了車，腦袋仍在思索著，到底該如何把那些嬰靈的屍身弄到手。

2

方正照著任凡的指示上了三樓，這是一棟一層單戶的住宅公寓，只見三樓的大門大開，門上掛著一條八卦圖案的門簾。

推開門簾進入，裡面有點昏暗，方正眨了眨眼才讓視力適應室內的光線。

屋內十分空曠，看起來像是客廳的地方，卻沒有什麼家具擺設，只有一張大桌子放在中央。一個有點年紀的中年女子就坐在桌子後面。

女子穿著打扮像一個算命師，跟當初的撚婆有幾許相似的打扮，加上四周的布置，這女子應該就是神婆之類的靈媒。

那神婆一見到方正進來，滿意地對著方正點了點頭，然後用手比了比桌子對側的座位。

「坐，什麼都不用說。」神婆沉穩地說道：「我知道你為什麼而來，我也知道你想問的是什麼。」

「喔。」

看到神婆充滿自信的言論，方正點了點頭，靜靜地到對面坐了下來。

這時方正才注意到兩人中間的方桌上，擺著一個小小的香爐。

神婆指了指香爐對方正說道：「來，摒除雜念，然後點燃香爐裡面的香。」

神婆的話裡面，有種難以違逆的威嚴，讓方正依言乖乖的摒除雜念，拿起火柴，恭敬地將香爐裡面的香給點燃。

四周是一片昏暗，只有香爐上面的燈光映照著兩人之間的桌子。點燃的香所冒出來的煙，在燈光的照映之下變得非常明顯。

神婆一語不發，靜靜地坐在對面。

方正不敢造次，只能沉默地坐著，等待神婆開口。

突然，神婆用力地指著那裊裊上升的煙。

「看！」神婆張大雙眼，大聲地說：「你問題的答案就在裡面！」

方正張大雙眼，一臉訝異：「啊？」

「快看啊！」神婆大聲地說：「仔細觀察這些煙的變化，裡面會有所有你人生想知道的答案，不管是過去還是未來，只要你心裡想著想問的問題，答案都在這緩緩上升的香煙之中。」

方正被神婆這麼一說，趕緊在心裡想著「該如何得到那些嬰靈的屍身」，然後瞪大雙眼朝裡面一看。

飄渺虛無的煙隨著氣流緩緩上升，除了覺得有點刺眼之外，方正完全沒有看到任何神婆口中的「答案」。

神婆神秘地笑著問：「如何，看到答案了嗎？」

方正苦著臉搖了搖頭。

「啊你沒慧根。」神婆皺著眉頭嘆了口氣。

「那怎麼辦？」

「我是可以幫你看啦，」神婆一臉為難：「可是你知道，我們學法術的，有些天規是不能夠違逆的。如果偷窺了別人的人生，我們也會因此折壽好幾年，但是你又沒有天分，想知道的話，只能夠我幫你看。」

神婆說完，皺著眉頭思索。

過了一會，神婆點了點頭：「不過你來到我這裡，我們也算是有緣。」

神婆嘆了口氣，一臉苦惱地說：「這樣吧！五萬！讓我有點錢可以補補身體，這樣我就可以幫你窺視天機，幫你解讀煙卦的意義。」

神婆說完，看了一下煙，嘖嘖地搖了搖頭，喃喃說道：「不妙啊，不妙啊。」

方正一聽，立刻想要掏錢，可是誰會沒事帶著五萬元上街呢？

方正苦著臉說：「這……我沒帶那麼多錢耶。」

「沒關係！」

神婆拍了拍胸脯二話不說，從抽屜刷地一聲拿出一台刷卡機。

「放心！」神婆一臉自信地說：「逼撒（VISA）還是切可（支票）我都收！」

「喔喔！」

想不到神婆竟然會如此專業，方正立刻掏出後面褲袋的皮夾，毫不考慮就把信用卡拿出來，恭敬地交給神婆。

神婆正準備伸手要接，後面突然傳來任凡的聲音。

「爐婆，妳老是搞這些玩意，難怪被人家誤會妳沒料。」

一聽到有人這樣說，爐婆立刻收回手，轉過頭去，看到是任凡，爐婆才鬆了一口氣。

「哎唷，死小子，你想嚇死你爐姨啊？」爐婆撫摸著胸口：「今天哪陣風把你吹來的，還記得來看你的爐姨啊？」

方正拿著信用卡的手仍懸在空中。

任凡用死魚眼瞪著方正：「你該不會真的想付錢吧？」

「當然，」方正臉色有點白：「爐婆說我不妙了，我總該知道哪裡不妙吧？」

任凡用責備的眼神看著爐婆說道：「爐婆，妳別看他這個樣子，人家可是高級警官喔。妳覺得妳需不需要跟這位阿呆警官解釋一下呢？」

聽到任凡這麼說，爐婆立刻堆起笑臉乾笑道：「呀哈哈哈，警官大人啊，剛剛是跟你開玩笑的，你不要介意啊。」

方正聽了仍然有點半信半疑，驚魂未定。

「這位是爐婆，我乾媽的前師妹。別看她這樣騙神騙鬼，其實她很有一手的。請鬼上門方面一點也不輸乾媽，只可惜就像你看到的一樣，她不是很務實，總是喜歡這樣騙人。」

「臭小子，」爐婆抗議：「我人就坐在你對面耶。不要當著我的面這樣說我，好不好？」

「不用說，」任凡聳了聳肩：「她剛剛一定叫你點香爐，要你看煙來推斷自己的未來吧？」

任凡這麼一說，方正立刻點頭如搗蒜。

「然後你看不出來，她就跟你說什麼她可以幫你看，不過要——」

任凡話還沒說完，爐婆立刻拍桌大叫：「臭小子！你不要當著我的面拆我的台好不好！你以為我喜歡這樣嗎？鬼被你跟你乾媽收光了，算命太準又被人家砸店，不這樣你要我怎麼活下去，你自己說！」

聽爐婆這麼一說，方正不解地問道：「算命不準被人砸了招牌聽過，可是算命太準還被人家砸店這到底是怎麼一回事啊？」

「唉，你以為人人都接受自己的命嗎？那時候一個公子哥上門，我看他那樣子就知道他活不過半年，當然跟他家裡的人說，有得吃有得玩就隨他，準備辦理後事吧。誰知道他們一聽就氣到砸了我的店！」

任凡幫公子哥辯解：「妳說得那麼直接，誰可以接受啊！」

「好好好，不然你說該怎麼委婉地告訴他們，他們家的孝子半年後會嗝屁？」

「妳可以說半年之後會有血光之災之類的東西啊。」

「然後咧？他們不會求我化解嗎？如果我化得開，我還需要告訴他半年後會嗝屁嗎？就直接幫他們化開不就好了。當然是化不開的大劫我才會這麼說啊！」

任凡草率地說：「總之我還是覺得妳說得太直接了。」

「好！」爐婆拍拍桌子：「那也就算了，遇到這個短命鬼，被砸店算我倒楣。誰知道半年後那公子哥真的嗝了，家屬又帶人來砸我一次店，說是我咒死他的，你自己說冤不冤啊！若真有辦法咒死他，我幹嘛等半年，當真當我吃飽沒事幹，整天在那邊作法害人嗎？」

「那妳現在這樣裝神弄鬼有比較好嗎？」

「你沒看剛剛如果不是你攪和的話，我早就摳摳入袋了。」

「妳這樣隨便瞎掰，就不怕又惹禍上身？」

「放心啦！」爐婆揮了揮手：「我會隨便掰個無關痛癢的東西，一定可以把他唬得一愣一愣的，你沒看他剛剛嚇得立刻把信用卡都掏出來了。」

方正無奈地搖搖頭。

看樣子只要跟任凡扯得上邊的人，沒有幾個人是正經的。

「有必要這麼拚命嗎？」任凡挑眉：「妳也差不多可以收山了。」

「做這個講興趣的！」爐婆白了任凡一眼：「不然你要我在這邊幹嘛？發呆等死嗎？」

「妳可以去找乾媽打牌啊。」

「唉，你也知道。我跟你一樣，這人世間最敬怕的就是師姐了。跟她打牌都不知道是苦了她還是苦了我。」

「對了，這次來找妳，是有事情要拜託妳。」任凡回到正題：「想要借助妳找鬼上門的功夫，找一個不得了的人物。」

「找誰這麼大驚小怪的，」爐婆先是一臉疑惑，然後恍然大悟，賊賊地笑著說：「我看你會來找我，一定是怕被你乾媽知道。怎麼樣？你又討了新的鬼老婆，怕被你們家那小兩口子知道？所以才找我來私會愛人嗎？嘿嘿嘿。」

任凡冷冷地說：「我沒爐婆妳那麼浪漫。」

「唉，還浪漫咧。」爐婆搖搖頭：「一輩子學了這個法術，也沒人看得上你爐姨。早知道會這樣，我就應該跟你乾媽選一樣的『孤』路，也不用像現在一樣，又孤又貧，窮到只能裝神弄鬼，錢賺得多一點還要小心自己破戒，不然到時候連命都丟了。」

爐婆說得感慨，就連方正都覺得可憐了。

「話說回來，你要找誰這麼大驚小怪的？」

「奈落橋邊的旬婆。」

聽到任凡這麼一說，爐婆整個臉立刻垮了下來，與剛剛嬉笑怒罵的爐婆渾然不同。

「臭小子，」爐婆嚴肅地說：「不要說爐姨沒有警告你，你什麼人不好找，去找旬婆？不要說她跟你乾媽、乾奶奶是死對頭，就算你們沒有這層關係，她也不是你可以隨便找的人，嫌命太長嗎？」

聽爐婆說成這麼嚴重，就連方正都覺得恐怖。

任凡卻只是冷冷地說：「妳以為我想跟她聊天嗎？當然是接到了委託，有事情要找她。」

爐婆狐疑地問：「你這臭小子，該不會是打旬婆湯的主意吧？」

任凡點了點頭。

「我看你這小鬼越來越不知道天高地厚了！」爐婆猛搖頭：「哎哎哎，我不敢幫你，我可不想要被師姐罵！」

「全世界我認識的法師之中，就只有妳跟乾媽可以請得起她。」任凡無奈地攤開手說：「乾媽請她會有什麼樣的結果，妳應該很清楚吧？妳難道想看妳師姐身陷危難嗎？」

爐婆不可思議的張大嘴，啐道：「哎呀！臭小子，你竟然威脅你的爐姨？」

任凡聳了聳肩。

爐婆考慮了一下，仍然堅決地搖了搖頭說：「不行！這件事情實在太危險了，你真的需要三思！」

任凡默不吭聲，似乎對這個決定非常堅決。

爐婆見狀，皺著眉頭問道：「你到底是接到什麼樣的委託？我記得你不是很龜毛，還有好幾條不接的原則嗎？難道這個 Case 都沒有違背那些原則嗎？」

任凡堅定地說：「這次的委託，不管違背了我幾項原則，我都得接。」

「去！這就不是我認識的臭小子囉。」爐婆調侃道：「你不是堅持不會動搖自己的原則嗎？我不相信有任何報酬可以打動你的心，讓你去動搖自己的原則。」

任凡沉吟了一會，淡淡地說：「委託人知道『她』的下落。」

爐婆聽了，臉又是一沉，過了一會，緩緩地嘆了口氣：「唉，好吧。你們坐一下，我去準備吧。」

「謝謝。」任凡深深一鞠躬：「爐婆。」

「去！」爐婆不耐煩地揮了揮手：「你還是要付錢啊。」

爐婆進去了後堂，留下方正與任凡。

方正這時才把心裡的問題提了出來：「到底你們口中的旬婆是誰啊？」

任凡歪著頭說：「我不是跟你說過了，上天堂的條件嗎？」

方正點了點頭。

「有正必有反。相傳，奈落橋是一座短橋，橋的另外一端沒有蓋完，坐落在地獄的邊緣，與奈何橋相對。凡是三生三世不行善，諸惡作盡，就會被判奈落之刑，墜落到地獄最底層的深淵，永世不得超生。」

這是方正第一次聽到這種傳聞，以前只聽過奈何橋，從沒聽過奈落橋。

「跟奈何橋一樣，奈落橋邊也有一個人，就是數萬年前與孟婆相爭失利的死對頭——旬婆。相傳只要喝了她的湯，就會解掉孟婆湯之毒，徹底想起自己過去所有犯下的罪刑，然後墜落到地獄的深淵，用無盡的生命反省自己的所作所為。」

方正似懂非懂地點了點頭。

「我們現在要找的就是守護奈落橋的旬婆，只要能從她那邊要到旬婆湯，就可以解開孟婆湯之毒，這個委託就算完成了。」

方正點了點頭，從任凡這種說法看來，這次的委託應該不太難才對。

內室傳來了爐婆的聲音：「好了，臭小子們，進來吧。」

方正跟著任凡到了內室，終於讓方正相信撚婆與爐婆是同門的師姐妹。只見這間內室的擺設，跟撚婆如出一轍。

而坐在桌子另外一邊的爐婆，也換好了衣服，桌子上面該擺設的祭器都已經擺好。

方正與任凡兩人在對面坐了下來，爐婆隨即開始請鬼的儀式。

爐婆與撚婆一樣，敲著木桌，過了一會之後，爐婆頭一點，四周是一片寧靜。

「嘿嘿嘿嘿……」一陣毛骨悚然的笑聲，從爐婆的嘴裡傳了出來：「是哪個不怕死的，竟然敢找我？」

爐婆緩緩抬起頭來，只見原本還有點鄰家大嬸味道的爐婆，這時的表情扭曲，雙眼上吊，看起來十分駭人。

方正被爐婆的模樣嚇到連呼吸都不敢大聲，而任凡則是在旁邊泰然自若地鞠了個躬，恭敬地說：「旬婆妳好，初次見面請多多指教。我是黃泉委託人，謝任凡。」

「喔……」旬婆長長地喔了一聲，上下打量著任凡：「原來你就是那個黃泉委託人啊。」

任凡點了點頭。

「哼，」旬婆冷笑了一聲：「你是活膩了嗎？你應該知道，我跟你的乾奶奶孟婆是死對頭吧？你身為她的乾孫子，竟然還敢來找我？」

「乾奶奶是乾奶奶，我是我。」任凡一臉無所謂地說：「我這次找妳是想要跟妳商量，要碗旬婆湯。」

旬婆聽到之後，頭向後仰，挑著眉饒富趣味地看著任凡。

「嘿嘿，有這麼簡單嗎？」

旬婆上身的爐婆突然瞪大雙眼，整個房間彷彿地震般，搖晃了起來，坐在一旁的方正害怕到抓緊任凡的手。

任凡有點厭煩地歪著頭，連正眼都不看旬婆一眼。

地震過了一會之後，緩緩停了下來。

任凡冷冷地說：「不想給妳可以直說，有必要這麼傷神嗎？」

旬婆聽了不怒反笑，對著任凡點了點頭笑道：「嘿嘿嘿嘿，你這死小子還真不怕死。」

任凡攤開手說：「沒有必要怕吧？」

任凡滿不在乎地說，可是身旁的方正已經臉色慘白，視線壓縮，整個人都快要暈過去了。

任凡看著旬婆說：「我們無冤無仇，更何況我也不是想白拿妳的旬婆湯，我可以幫妳處理很多事情。如果妳有任何需要我幫忙的地方，我都願意效勞。」

聽到任凡這麼說，旬婆摸著下巴考慮了一下，過了一會之後緩緩地點了點頭說：「好！我喜歡交易！如果你想要我的旬婆湯，就必須幫我完成三件事情。」

任凡聽了略微皺了一下眉頭。

沒有給任凡什麼拒絕的空間，旬婆旋即說道：「首先，我要你在人世間找到願意把我當成像祖師爺一樣朝拜的人。我再怎麼說，也是黃泉有頭有臉的人物，但是一般人只知道你那個乾奶奶，沒有人知道我。」

「我不是知道了嗎？」任凡瞪大眼睛反駁：「都特別來找妳了，怎麼會不知道妳呢？」

旬婆白了任凡一眼啐道：「哼！你這傢伙還算一般人嗎？」

方正在一旁聽了想點頭贊同，卻沒有勇氣妄動，只能僵在一旁。

任凡爽快地回答：「行，這個沒問題。」

「好！」旬婆伸出大拇指說道：「那麼第二件事情是，我也要你去找一個人願意拜我做乾媽，還要一個人願意拜我做乾奶奶，就好像你們孟氏一家三口一樣。」

任凡聽了一臉死魚眼，瞄著旬婆說：「有必要爭到這種地步嗎？」

「耶，誰知道我們會不會再吵一次？」旬婆說得理直氣壯：「如果真的發生了，至少我這邊輸人不輸陣，可以跟她三打三，也算是不吃虧啊。」

兩人已經數千萬年沒有往來了，旬婆還在想著萬一有天兩人對上了，讓任凡啞口無言。天曉得她們兩個吵起來的那天，她們的乾女兒、乾孫子還有沒有活在世上？

任凡聽完前兩個委託，有點無力地問：「那第三個呢？妳該不會想要找隻寵物吧？」

「哈，有你的！」旬婆拍案叫道：「雖然不全然對，不過相去也不遠。最後一件事情是，我要你幫我去找一個我的看橋鬼，是生是死不要緊，只要制伏他，就算你完成了。」

「他是誰？」

「他是負責守護奈落橋的三太保之首，我都叫他無顏鬼。很久以前他失蹤了，我一直想要找到他，卻一直找不到。只要你能找到，不管是生是死，我都算你達成了。」

任凡皺了皺眉頭，果然天下沒有白吃的午餐。

旬婆不懷好意地笑著說：「只要你能完成這三件事情，我就給你一碗旬婆湯。」

3

回過神來的爐婆問任凡：「如何？」

「嗯，一個委託變成了三個。」任凡無奈地說：「真是一筆虧本的生意。」

「你還活著就應該偷笑啦！」爐婆啐道：「真是不知天高地厚的臭小子。」

任凡聳了聳肩說道：「謝謝妳，爐婆，那我們就先告辭了。」

任凡說完站起身來準備告辭，爐婆伸手阻止了任凡。

「耶，既然來了……」爐婆指了指桌子中央的香爐：「點炷香吧。」

任凡皺著眉頭說：「不用了吧？」

「嘖！」爐婆不悅地說：「叫你點就點，不要跟爐姨討價還價。還是你認為爐姨老了，沒本事了，所以不想應付我啊？」

「妳說到哪裡去了？」

怕爐婆繼續這樣抬槓下去，任凡拿起桌上的火柴，將香爐裡面的香給點燃。

任凡點了香之後，香煙裊裊上升。

爐婆皺著眉頭靠上前去，仔細看著爐香裡面緩緩冒出來的煙。

爐婆的表情越來越深刻，過了一會之後，抬起頭來對著任凡說道：「小凡啊，我看你還是推掉這個委託吧。」

「怎麼啦，突然這麼說？」

「從煙象看來，」爐婆皺著眉頭，板著臉孔說：「你會死。」

「廢話，誰會不死？爐婆，妳是在開玩笑嗎？」

「臭小子，你明知道爐姨在說什麼。我的意思是說如果你真的執意要解決這個委託，你就會丟了你的小命。」

「哪次不是這樣呢？」任凡聳了聳肩，一臉無所謂。

「你不相信你的爐姨嗎？」

「不，爐婆妳的功力我會不知道嗎？妳應該知道我當然相信妳。不過……」任凡一臉堅定：

「這個委託，就算我得丟了性命也要解決。」

4

方正回到家裡的時候，天色已經暗了。

想不到今天竟然會見到那麼恐怖的角色，讓方正身心俱疲。

才剛進門，就看到淑蘋扠著腰站在門口等著自己。

淑蘋不悅地問：「你是不是又去找那個狐狸精了？」

「啊？」方正一臉莫名其妙，過了一會才了解淑蘋是在說佳萱的事情：「妳怎麼可以這樣說她呢？」

「是不是去找她了？」

「雖然我不需要跟妳解釋，不過我不是說過了，我跟她的關係不是妳想的那樣。」

「你看，沒有正面回答我的問題，你果然是跟她在一起！」

被淑蘋這樣追問，方正火氣整個上來：「是不是都不重要吧！我最後再跟妳說一次，我不是妳的未婚夫！我也不會跟妳冥婚的！」

方正罵完，心煩地想要回房，不理會淑蘋，逕自朝房間走去。

「為什麼？」淑蘋哭了起來：「既然沒有要娶我，為什麼要幫我？為什麼要讓我為你動心？然後現在又那麼狠心不接受我……」

「我……」方正無奈至極：「大姐，我是警察耶。幫妳找兇手是我的工作，不是因為看妳好看想泡妳才幫妳的。」

「可是，」淑蘋轉過來用淚光閃閃的雙眼看著方正說：「你可以假裝看不見我啊！你可以憑證據去辦案啊！為什麼要跟我說，你一定會幫我找到兇手之類的話呢？」

方正張大了嘴，卻擠不出半個字來辯解自己的行為，到最後反而更生氣地說：「妳真是不可理喻！」

方正負氣衝了出去，留下淑蘋一個人在房子裡面哭泣。

5

負氣離家的方正，三更半夜，真的也不知道自己可以去哪裡。

方正開著車子，無意識的在路上閒晃。

他知道從某個角度來說，淑蘋也有她自己的道理。

記得以前在警校時候，曾經聽過老一輩的員警說過，警察與被害人之間存在著一條線。

如果過度關心被害人，就可能會導致這樣的後果。

所以除了應有的關懷之外，當警察的千萬要小心處理這些情緒。

方正自己也一直保持著這樣的分際，只是這次萬萬沒想到對象會是鬼，老一輩的員警可從來沒有提醒過這個。

天曉得煞到自己的竟然是一隻女鬼？

方正大大地嘆了一口氣。

這時想起了任凡曾經提醒過自己的話：「鬼，不像你想像的那麼單純。」

畢竟他們都曾經是人，不是嗎？

然而現在後悔也來不及了。

不知不覺，方正回過神來看看四周，才發現已經開到了任凡家外。

考慮了一會，方正覺得自己有必要找任凡商量看看。

畢竟拖著淑蘋的事情不處理，似乎也不太對。

看看任凡願不願意，或者可以藉由小憐、小碧幫忙，勸勸淑蘋早點去投胎，對淑蘋曉以大義，或許會好一點也說不定。

月光低垂，此刻正是世間的人們結束忙碌的一天，可以在家裡好好地休息，卻是任凡這間廢棄小屋最熱鬧的時候。

方正才一下車，就看到了任凡在二樓的樓梯口，與幾個鬼魂在聊天。

一旁的小憐與小碧在小朋友的簇擁之下，正跟他們玩著遊戲。

如果是看得到這種場景的人，說不定會把這些人與鬼都當成一家人也說不定。

看到這樣，方正心靈也震動了一下。

或許，自己跟淑蘋也沒有那麼糟糕，不是嗎？

終究是被「不孝有三，無後為大」這種世俗的觀念所束縛，才會如此排斥淑蘋。

看著任凡一家和樂融融的模樣，讓方正第一次有了與淑蘋結婚也許不是什麼壞事的念頭。

正當想得入神，一把槍口忽然對準了他。

「砰！砰！」

方正驚了一下，下意識地低頭閃避，這時才看到兩個小孩，拿著玩具槍又對準了他，砰砰地亂叫。

堂堂一個大警官，竟然讓拿著玩具槍的兩個小孩嚇得縮到車旁，小孩還指著他狂笑，讓方正不爽地叫道：「你們兩個小鬼，知不知道叔叔是警察，小心我把你們逮捕起來！」

兩個小鬼頭聽了，對方正吐了吐舌頭，然後轉身逃開。

方正心想：「不要以為你們拿著玩具槍就沒事，要是你們再大個十歲，看我會不會逮捕你們。」

一想到這裡，方正突然「啊！」的好大一聲叫了出來。

他愣在原地，想了一會，旋即上車揚長而去。

6

可惡！

心急的婦人在屋內來回踱步。

從前天晚上，就一直沒有三個嬰靈的消息。

按理說，不管有沒有成功暗殺那個該死的女法醫，現在都應該回來了。

難道他們不想吃飯了嗎？

自從去年去了一趟泰國，婦人在多方友人的推薦之下，用重金從法師那邊買到了這三隻一組的嬰靈。

目的就是讓那該死的女法醫，為自己擋人家財路的愚蠢行為，付出慘痛的代價。

為此婦人不知道花了多少心血，想不到那三個小鬼竟然從那個時候就音訊全無。

該不會是遇到什麼事情了吧？

婦人不禁擔心了起來。

不過就算有什麼萬一，婦人也是有恃無恐，畢竟用這種法術之類的殺人方法，以現在台灣的法律來說，根本制裁不了婦人。

婦人在心裡面盤算，如果這一次真的失敗了，應該要再去泰國一趟。

一次失敗就再來一次，那女法醫遲早會死在自己手裡。

這時，不知道從哪裡傳來的雜音，吸引了婦人的注意。

婦人看了看四周，這是婦人特別準備的房間，因為這裡是她供奉三個嬰靈的地方，為了避免被發現，婦人對任何聲音都相當敏感。

那些孩子特別怕陽光，所以婦人早將窗戶用黑紙貼住，這裡又是四樓，窗外既沒樹木也沒高樓，應該不會有鳥鳴以外的聲音才對啊。

四周沒有半點動靜。

剛剛那個雜音是從哪裡傳來的呢？

雖然有時候那幾個小孩也會在祭壇裡玩耍發出聲音，可是他們已經餓了那麼多天，不可能回來了卻不找媽媽啊。

叩——聲音再度傳來，這次婦人聽清楚了，聲音是從旁邊的窗戶外面傳來。

婦人驚恐地看著黑色的窗戶。

一團黑色的陰影從窗戶中央擴散開來，慢慢吞噬了整個窗戶，接著一陣清脆的聲響，玻璃應聲而碎，一個全身黑色勁裝的男子竟撞了進來。

婦人大驚失色，放聲尖叫，一連退了好幾步。

那男子揹著一把槍，一看到婦人，立刻舉槍對準她。

「不准動！」男子對婦人咆哮：「趴下去！立刻趴下！」

婦人不用男子命令，早就嚇到腿軟，癱倒在地上。

男子要她五體投地，婦人照做之後，男子趨前，立刻用槍抵住。

壓制了婦人之後，男子用手電筒四處照射，最後燈光停留在祭壇上那三個恐怖的巨大玻璃罐。

發現三個玻璃罐裡面，竟各自放著小孩的屍體，男子驚訝不已，隨即用別在衣領邊的通訊器，大聲回報：「報告隊長！發現嬰兒屍體！在四樓祭壇！一名嫌犯已經壓制！立刻請求支援！」

婦人聽到男子講的話，驚魂未定地抬頭。

想不到頭一動，立刻被男子粗暴的用槍管壓下去，男子怒斥：「不准動！妳這個殺小孩的變態！」

殺小孩？

婦人先是一愣，然後掙扎了一下叫道：「你到底是什麼人？」

男子還沒回答，外面一陣騷動，不一會工夫從門外衝進來了好幾個男子，每人打扮都一樣，並且將手上的槍全部對準婦人。

從沒見過那麼大場面的婦人，早已經驚魂失色。

「別、別殺我！」婦人大聲求饒：「錢全部都在隔壁房間！我帶你們去拿！千萬不要殺我！」

「不准動！我們是警察！」

婦人一直等到眾人表明了自己是警察的身分，這才大概知道是怎麼一回事。

幾個剛剛衝進來的警員，也都跟著湊上前，看著那三具被浸泡在符水裡面的嬰兒屍體。

其中一個血氣方剛的員警，不知道是因為害怕還是激動，雙手顫抖地舉著槍，槍口一會對著嬰屍，一會又轉過來對著婦人。

婦人已經夠害怕了，看到員警雙手抖個不停，更擔心槍枝會走火，全身冷汗如雨下，嚇到差點尿濕褲子。

「妳這禽獸！」那員警指著婦人罵道：「連這麼小的嬰兒都不放過！還私釀嬰兒酒！」

婦人被罵得啞口無言，過了一會才意識到，原來他們把自己當成了殺嬰兒的兇手，因此立刻在地上大喊：「冤枉啊！那些嬰兒不是我殺的！那些是我從泰國請來的嬰靈啊！」

「住嘴！妳這變態！」

所有人看到被泡在罐子裡面的嬰兒屍體，無不義憤填膺地怒罵婦人。

「真的！你們一定要相信我啊！那些真的是我從泰國買回來的！」

「買回來的？」其中一個員警乾笑了兩聲：「哈哈！笑死人了！妳有收據嗎？妳這殘忍的殺人兇手！」

婦人一愣，大聲反駁叫道：「誰請嬰靈還會拿收據的啊！」

「廢話！妳這殘忍的女人！有什麼話出庭再說吧！」

婦人哭喪著臉，現在等於被人贓俱獲，百口莫辯了。

婦人被上了手銬的同時，距離幾條街外的咖啡廳，方正與佳萱正悠閒地喝著咖啡。

清脆的鈴聲響起，方正熟練地接起了電話：「是，我是白警官，請說。」

電話裡面的阿宏，大聲對方正報告：『報告學長！在房子裡面發現了三具被浸泡在罐子裡面的嬰兒屍體，嫌犯已經被逮捕了！』

方正在交代了幾句話之後，掛上電話，轉過頭來對佳萱說：「可以了，那女人已經被我們逮捕了。」

佳萱聽了之後，微微地笑了笑。

「哼，」方正得意地說：「以為請嬰靈就可以躲避法律制裁嗎？用法術害人就算法律可能無法辦她，光是毀壞屍體等的罪責她就難逃了。」

這是不久前，方正從那些拿著玩具槍的小鬼頭身上得到的靈感。

的確，從法術害人這條路來逮捕那女人，或許行不通，但是從非法持有嬰兒屍體這條路，她肯定逃不了法律的制裁。

佳萱苦笑搖搖頭。

連她都沒有想到，方正會用假情報，通報有人口販賣與殘害嬰兒的犯罪情事。

就這樣，婦人在警方的逮捕之下，結束了準備咒殺溫佳萱的陰謀。

第3章・決戰

1

翌日，方正罕見地帶著一袋水果禮盒來到了熟悉的廢棄大樓外，這是剛剛在路上，佳萱堅持一定要買禮品的結果。

雖然方正了解任凡，很清楚勢利的他絕對不會認為這是個合格的報酬，但是不管怎麼說，這次的成功的確是因為任凡的幫忙，既然佳萱非常堅持，方正也不好意思說什麼。

兩人登上六樓，正準備度過紅地毯，就看到任凡從對面踩著紅地毯過來。

「你要出門？」

「嗯，我收到消息，似乎找到無顏鬼了。」

「喔——」

關於任凡從旬婆接到的三個委託，昨天佳萱在咖啡廳閒聊的時候，已經聽方正說過了。

原本以為這對任凡來說，應該是個曠日費時的工作，想不到一天之內就被找到了，讓佳萱有點難以置信。

「你們找我有事嗎？」

「沒有，」方正舉起手上提的水果禮盒：「只是想來跟你道個謝，這次幫我們的忙。」

任凡瞄了水果禮盒一眼，然後白了方正一眼，輕聲對他說：「你該不會認為這個東西可以打發我吧？」

「是她堅持的，」方正小聲地說：「我也不想白花這個錢。」

這時候佳萱考慮了一會，有點畏怯地問道：「那個，我們、我們可以一起去嗎？」

原本輕聲交談的兩人，異口同聲地反應：「啊？」

方正趕緊到佳萱身邊，小聲問她是不是認真的。

「人家幫了我們，」佳萱解釋：「現在我們當然要幫忙一下人家啊。」

方正白了佳萱一眼：「我看是妳好奇吧。」

自從讓佳萱知道了有黃泉委託人這一號人物存在之後，佳萱與方正之間的話題，就一直圍繞著任凡。

雖然方正嘴裡好像不是很願意，但是他多少也有點好奇，到底看守地獄那條最險惡的奈落橋的無顏鬼，長得什麼樣，有多厲害。

任凡面無表情地說：「有危險我可不負責喔。」

兩人點了點頭表示同意，任凡聳了聳肩，三人便一起下樓。

2

三人開著車子一路南下，路途上到處可以見到孤魂野鬼站在路邊，任凡連下車都不用，他們紛紛為任凡指點了方向。

任凡照著這些鬼魂的指示，一直開下去，從海邊一路開到了山上，從白天一直開到了晚上。好不容易到達目的地，迎接三人的是一個有點虛弱的男鬼。

男鬼等任凡下了車，立刻迎上前來。

「你要找的那個無顏鬼就在那棟看起來像是房子的墳墓後面。」男鬼緊張地說：「那個傢伙在四、五年前就突然來到那裡，兇狠得很，這附近的鬼魂根本都不敢靠近。」

任凡聽了之後微微皺了一下眉頭。

男鬼宛如簡報的業務員般，報告完之後便離開了。

任凡打開後車廂，拿出了一個袋子，這正是幾個月前任凡跟方正兩人一起解決那件校園學生失蹤案時，任凡從撚婆那邊拿回來的袋子。

過去這個袋子就是任凡與撚婆搭檔抓黑靈的時候所揹的法寶袋。

可是現在任凡的身邊沒有撚婆，就算有這個法寶袋也沒什麼用。

為了以防萬一，任凡還是將它揹在肩上。

準備好之後，任凡走過來對方正與佳萱說：「你們還是別進去了，我想裡面的一定是黑靈。遇上黑靈連我都自身都難保了，更何況你們。」

方正聽了臉也綠了，頻頻點頭。

「車子給你們，你們開車回去吧，我會找鬼魂們幫你們指路。快走！」

方正聽了之後，趕緊帶佳萱上車，任凡一個人朝著男鬼指引的方向前進。

從沒聽過也沒見過黑靈的佳萱，問方正道：「什麼是黑靈？」

記得在任凡的辦公室裡面，牆上寫有任凡不接原則的掛軸，裡面其中有一條就有提到黑靈。

「該怎麼說……」方正皺著眉頭：「總之就有點像是怨靈之類，很不妙的鬼魂，只要遇到那種靈體，我想就算是任凡也會很危險，所以我們還是快點溜吧。」

方正說完，發了車子，正準備倒車離開的時候，佳萱阻止了他。

「等等，」佳萱皺著眉頭：「你不是跟我說過你跟任凡一起去找爐婆的事情嗎？」

「是啊，怎麼了？」

「你還記得爐婆當時幫任凡卜卦的結果嗎？」

方正沉默不語，他怎麼會不記得呢？

可是任凡自己都一副無所謂的模樣了……

更何況，就算知道了方正什麼也不會，又能如何呢？

佳萱責備著方正：「明知自己的好友有危險，你卻想要這樣逃跑嗎？」

「妳以為我想嗎？」方正反駁：「可是妳沒見過黑靈，不知道黑靈的可怕，更何況，妳、我都沒有學過法術，有辦法幫到任凡嗎？」

「這……」方正的話也不無道理，佳萱皺著眉頭說：「至少我們可以在這邊接應他。」

方正考慮一下，緩緩地點了點頭。

就在這時候，一陣宛如恐龍般怒號的聲音，從剛剛任凡走去的方向傳了過來。

兩人聽到了，面面相覷。

3

他媽的！

這次真的失策了！

想不到自己才剛靠近，對方就察覺到了。

任凡喘著氣，靠著牆壁，看著已經見底的法寶袋。

那黑靈身上所聚積的怨氣，征戰多年的任凡，也不曾看過，就連當初身為黑靈的小碧、小憐也望塵莫及。

任凡覺得有點不可思議，怎麼會有這麼恐怖的黑靈，自己與撚婆卻渾然不知呢？

任凡獨自一人穿過了雜草樹林，來到了一個荒廢已久的祖墳。

裡面空無一鬼，看樣子所有鬼魂都投胎去了。

根據男鬼的說法，那個無顏鬼應該就是在這座祖墳的後面。

正準備繞過祖墳的任凡，突然覺得不對勁，猛一回頭，就看到了他。

他的身形壯碩，渾身散發出濃厚的黑氣。

兩人交手不過短短幾秒，任凡就已經不敵。

情急之下，任凡趕緊用彈弓射中黑靈的雙眼，黑靈立刻發出震耳欲聾的聲音。任凡趁隙撒出紙符，躲入荒廢的祖墳之中。

情況非常的不妙。

任凡衡量了一下，決定還是先暫避鋒頭，像這種怨氣深不見底的黑靈，任凡懷疑就算撚婆在身邊，恐怕兩人也只能想辦法逃跑。

這種怨氣除了地獄之外，人世間根本不太可能會有。

難怪他可以成為旬婆的守橋大將！

任凡不斷在腦海裡面搜索，按理說，要有這樣的怨氣，有很大的可能是歷史上的知名人物。可是光看長相，一時之間也猜不到他是誰。

任凡剛剛撒在地面的是噬魂符，不管黑靈還是白靈，只要踏上那些符咒，就會宛如刀割般疼痛，雖然無法殺傷惡靈，但是暫時可以阻擋一陣子。

曾經出生入死多年的任凡，這時也感覺到恐懼。

作夢也想不到這次的對手，竟然是從未見過的兇狠黑靈。

任凡想到了爐婆的卜卦，不禁苦笑了起來。

看來爐婆的寶刀依舊未老，還是跟以前一樣鐵口直斷，料事如神。

法寶袋裡面，只剩下一個東西了。

想不到還會用到這個東西，讓任凡無奈地笑了出來。

任凡從袋子裡面拿了出來，那是一個製作得相當別緻的人偶娃娃。

這個娃娃是撚婆這一派法術的精華，對任凡來說，是最後的法寶。

任凡咬破自己的手指，擠出血來抹在娃娃身上，並且拔下自己的頭髮，塞到娃娃的衣服之中。

用血髮抹在這個娃娃身上，對任何靈體來說，就會把這個娃娃當成血髮的主人。

撚婆幫沒有法術的任凡準備的這個替身娃娃，等於是他無路可逃的最後法寶，在娃娃被毀掉之前，任凡有絕對足夠的時間可以逃跑。

任凡將娃娃擺在牆邊，然後在娃娃附近都撒上噬魂符。

準備妥當之後，任凡站起身來，緩緩地走了出去。

門前，那黑靈正怒氣沖沖地站在門外。

任凡屏住了氣息，幾乎是貼著他滑出門外。

眼看黑靈對自己沒有任何反應，正表示那個替身娃娃有了功效。

一逃出來，任凡立刻準備下山。

車子已經交給了方正他們，所以任凡打算直接朝最近的坡道下山，等到了市區再想辦法。

總之，現在盡可能拉遠距離就好了。

任凡使盡力氣朝山下跑，想不到才跑幾步，後面廢棄的祖墳竟然傳來熟悉的聲音。

「任凡！」

任凡一聽就知道是方正的聲音。

該死，剛剛不是叫他們下山了嗎！

任凡猶豫了一會，氣憤地跺了一下腳，回頭朝著廢棄祖墳的方向跑去。

4

方正與佳萱聽到了怒號之後，實在放心不下，兩人等待了一會，沒有再聽到任何聲音。商量了一下，還是決定上來看看。

兩人到了廢棄祖墳的地方，看到了地上有些符籙。

不敢貿然進入的兩人，站在門前考慮了一會之後，方正對著裡面叫道：「任凡！」

對魂體宛如地雷般的噬魂符沒讓黑靈受傷，反而讓他更加火冒三丈。好不容易來到了祖墳內，看到任凡身邊又是一堆噬魂符。

正準備不顧一切撲上前去殺掉任凡之際，卻聽到了外面有人大喊。

黑靈停了下來，轉過身子看著門口。

方正與佳萱在門外焦急地等著，正在猶豫要不要衝進去的時候，一個身影出現在門前。

「任……」

方正話說到一半就中斷了，因為他已經看清楚，從裡面出來的並不是任凡。

不斷湧現的黑氣，從黑靈的身體流竄出來。

只見過幾次黑靈的方正，立刻抓著佳萱想要逃跑。

才剛退一步，原本在面前的黑靈瞬間消失了。

猛一轉身，黑靈竟然站在自己面前，方正雙腿一軟，坐倒在地上。

死命趕回來的任凡，看見黑靈已經鎖定方正，趕緊衝到黑靈身後。

眼看黑靈掄起了拳頭，任凡不假思索，咬緊牙關伸出中指。

正當黑靈朝方正準備揮下拳頭，任凡用力將中指戳下去。

中指扎實地插中了黑靈，可是黑靈卻沒有半點反應。

任凡看著自己的中指，中指已經潰爛不堪。

這代表自己的中指並沒有失靈，想不到連中指都對他沒效，這傢伙肯定不是什麼一般的黑靈。

渾然不理會任凡的黑靈，對準了方正，早已嚇到腿軟的方正，只能眼睜睜看著黑靈高舉拳頭，朝自己面前揮來。

「不准傷害我的老公！」

一陣尖叫聲伴隨著黑影襲擊了黑靈，救了方正一命。

大夥定睛一看，千鈞一髮之際救了方正一命的，正是自稱方正老婆的淑蘋。

淑蘋從後面死命地抱著黑靈，不讓黑靈靠近方正。

一旁的佳萱趁這時間，趕緊把方正扶了起來。

任凡大聲叫兩人快跑。

方正好不容易站起身來，愣愣地看著淑蘋跟黑靈纏鬥。

黑靈為了甩開淑蘋，不斷揮舞著拳頭，但是後面的淑蘋，左閃右閃拚命地躲。

佳萱拉著方正，這時淑蘋也叫道：「老公！快、快跑！我撐不住了！」

淑蘋才剛說完，黑靈的拳頭就揮中了她，淑蘋雙手一鬆，黑靈趁勢一個轉身，伸手一撈，掐住了淑蘋。

淑蘋用力掙扎，黑靈卻不為所動。黑靈一手掐著淑蘋的頸子，另外一手抓住淑蘋的腳，左右一扯。

淑蘋大聲尖叫哀嚎，轉眼間聲音一斷，淑蘋的身子就這樣被撕成兩半。

黑靈猛一回頭，任凡等人已經不知去向。

5

任凡與佳萱一左一右架著方正逃了開來。

才跑沒幾步路，身後就傳來淑蘋的尖叫聲。

方正一轉頭，親眼看到了淑蘋的臉孔。

兩人仍舊死命拉著方正，一直逃到後面的樹林之中躲好才停下來。

淑蘋死前的臉孔，宛如燒紅的鐵器般，烙印在方正的心中。

「為什麼？」方正哭喊著：「我不值得啊！為什麼要犧牲自己？」

明明自己不喜歡她，不願意讓她當自己老婆。

可是看到淑蘋捨身救自己，而被黑靈殺害的時候，心中湧現的疼痛又是怎麼一回事？

這些日子，淑蘋穿梭在家中的各種模樣，一一浮現在眼前。

方正想要放聲痛哭，卻被任凡摀住了嘴。

「聽我說，」任凡輕聲在方正耳邊說：「危機還沒有解除。」

方正掙扎了兩下，過了一會之後，心情才慢慢平復過來，緩緩點了點頭。

任凡放開方正，探頭看了一下，遠處黑靈正準備回到廢棄的祖墳中，找那個任凡的替身。

剛剛一時情急，來不及朝反方向跑，如果現在想要回到車子停放的地方，勢必得穿過那座廢棄的祖墳。

如果只有任凡還無所謂，他有替身可以暫時撐著。可是方正跟佳萱絕對不可能這樣跑過去，而不被那個黑靈發現。

任凡抿著嘴，不停思考著該如何是好。

遠處，廢棄的祖墳裡面傳來黑靈憤怒的咆哮。

看樣子應該發現替身是假的了。

任凡再也不猶豫，將身上的袋子給解了下來。

他將袋子交給方正，然後嚴肅地說：「你拿這個袋子，把我悶死。」

方正臉上還流著悔恨的淚水，聽到任凡這麼一說，疑惑地看著任凡說道：「啊？」

「快殺了我！」任凡急著叫道：「我不是開玩笑的！」

任凡將袋子塞給方正，探了探頭果然看到黑靈已經走出廢棄的祖墳，正在找尋眾人的下落。

「聽著！」任凡抓著方正與佳萱，十分嚴肅地說：「讓我窒息斷氣之後，你們必須在我真的回天乏術之前，把我救活。至於人可以斷氣多久，你身邊的這位法醫，應該非常清楚。」

「這……」

任凡又補了一句：「你們應該可以看到一條線。記住！只要線斷了，我也會死！」

任凡到底在搞什麼鬼，佳萱與方正面面相覷。

就連跟任凡出生入死多次的方正，此刻也覺得不安。

任凡的葫蘆裡到底賣什麼藥，方正跟佳萱兩人丈二金剛摸不著頭腦。

想要用詐死的方法，來騙過黑靈嗎？

「你當那黑靈是熊嗎？」方正一臉疑惑：「詐死對他會有用嗎？」

「你別管那麼多！」任凡打斷方正：「總之，你們一定要把我救活，不然，我做鬼也不會放過你們。」

任凡冷笑地看著兩人。

佳萱不安地說：「你是開玩笑的吧？」

「快點！」

任凡整個人躺平，將臉對著兩人，示意要兩人動手。

兩人猶豫地看了看對方。

「相信我，只有這樣才可以對付他了！」

方正探頭看了一下，只見黑靈正一步步朝這邊靠近。

他咬緊了牙，將袋子放在任凡的臉上。

任凡伸出手壓著方正的手，示意要他再用力。

方正使力壓下去，過沒多久，任凡開始掙扎。

即使知道並不是真的要殺掉他，任凡這麼做一定有原因。可是，親手壓住任凡的臉，阻絕了他的生命，卻讓方正非常受不了。

「不要！」方正大叫。

剛剛才失去淑蘋的方正，現在又要親手殺死任凡，讓他再也承受不了，雙手一攤，正準備放棄，旁邊的佳萱卻按住他的手。

「不可以放棄！」佳萱叫道：「這時候我們也只能相信他了！如果連你都死了，淑蘋會多難過！她的犧牲不就沒有價值了！」

聽佳萱這麼一說，方正的心宛如刀割，看著佳萱的臉，佳萱何嘗不痛苦，此刻的她正緊閉著雙眼，但是雙手仍死命壓著袋子。

任凡掙扎變劇烈，兩人閉上眼睛，死命地壓著，過沒多久，任凡雙手一攤，雙腳一蹬，就這樣死在方正與佳萱的手下。

樹林外，黑靈看著三人的方向，臉上漸漸露出了笑容。

他知道，他的三個目標就在這樹林裡面。

方正緩緩拉開任凡臉上的布，任凡的臉無力地朝旁邊垂落。

這時，兩人看到了任凡四周有一股奇怪的氣流。

「快退開。」佳萱拉開方正。

兩人剛退開，任凡身上竟緩緩地站起一個人。

這些日子以來，早就習慣看到鬼怪的方正，此時那種對於鬼的原始恐懼又席捲而來。

「這、這真的是任凡嗎？」

只見一個龐然大物緩緩站了起來。

不應該看得見靈魂顏色的方正，此刻也感受到任凡靈魂的顏色，那是伸手不見五指的黑暗，可以吞沒一切光亮的黑暗。

難道說，任凡是黑靈？

方正不敢置信地看著任凡。

站起身來的任凡魂魄，扭了扭脖子，將頭轉向樹林外，然後朝那邊走去。

佳萱這時指著地上叫道：「你看！」

方正看過去，只見任凡的腳底，有一條線連結在他屍體的上面。

這就是任凡口中說的線嗎？

樹林外面，情況徹底扭轉了過來。

黑靈一見到任凡，立刻朝他撲來，劈頭就是一陣猛攻。

身形比黑靈還要巨大的任凡側著頭，完全無視黑靈不斷的揮拳。

過了一會任凡只緩緩伸出了手指，朝黑靈的額頭一彈，竟然把他彈飛了開來。

樹林裡面的兩人，見到任凡如此神威，抱在一起大聲歡呼。

開心之餘，方正卻發現一點異常的現象。

他看到了任凡的魂魄在笑。

任凡沒有給黑靈太多喘息的空間，而黑靈不斷想要擋開任凡的攻擊，可是任凡的速度異常的快，一左一右打得黑靈七葷八素。

可是不管任凡如何攻擊，似乎都沒有攻擊到黑靈的致命傷。

那傢伙該不會玩起來了吧！

眼看任凡笑著打黑靈，方正趕緊叫道：「別再玩了！」

「不行了！」

佳萱看了看時間，指著地上連接任凡魂魄與肉身之間的線。

連繫著任凡身體與靈魂的線越來越稀薄，方正也驚慌了起來。

「你顧一下，我立刻幫他 CPR。」

專業訓練的佳萱，二話不說，立刻開始幫任凡做 CPR。

只見佳萱每壓一次，任凡的魂魄就跟著被拉回一步。

任凡的魂魄似乎也察覺到不對勁，不斷上前追擊，卻是走一步被拉回兩步。

佳萱努力急救，可是任凡的魂魄卻說什麼也不願意回來。

方正見到這種情景，又看到連接的線越來越薄弱，開始感到不妙。

再這樣下去，任凡真的會死掉。

可惡，差一點點就可以幹掉他了。

黑靈化的任凡不願意放棄這個美好的機會，向前踏了一步，可是肉身的牽絆卻一直將他往回拉。

連接肉身跟任凡魂魄之間的線又更細了，眼看就快要消失。

看到這樣方正也急了。

「不行！我肺活量比較大，我來！」

方正再也顧不了那麼多，搶過佳萱的急救位置，張大了嘴用力一吸，一口塞住了任凡的嘴，幫任凡做人工呼吸。

黑靈的任凡突然止步，嘴巴感覺到極度的不舒服，口中似乎充滿一股穢氣，一回頭，看到方正竟然扒著自己的肉身在吸氣吐氣。

任凡怒號一聲，整個人幾乎用飛的飛回肉身。

「哎唷！」

一陣驚呼的方正趕緊退開，只差一秒嘴巴就被任凡給咬下來。

「你、你在幹嘛？」清醒過來的任凡，一臉不敢置信的表情瞪著方正：「呸呸呸！噁心死了！」

「你還好意思說咧！」方正大力反擊：「都什麼時候了你還在玩，不趕快打倒他。」

「你以為我很能控制嗎？」任凡苦著臉：「人死變成魂魄之後很多事情無法控制，我沒連你們兩個都殺，已經算控制得不錯了。」

就在兩人你一言我一語爭吵不休時，剛剛被打得滿頭包的黑靈不知道何時出現在三人身後。

佳萱見到黑靈，尖叫了一聲，兩人也轉過頭來，看到了他。

一股氣沒地方發洩的黑靈，立刻朝三人攻了過來。

方正與佳萱見狀立刻拔腿就跑，還坐在地上的任凡剛起身，就被黑靈一把掐住。

剛剛靈魂出竅的任凡，魂魄還沒安定下來，被黑靈一掐，頭上竟然又冒出了黑氣。

黑靈見狀，嚇到鬆手，黑氣又旋即消失。黑靈見狀又掐上去，誰知一掐，黑氣又冒了出來。

搞到最後，黑靈掐也不是，不掐也不是。

方正站在一旁，渾然不知黑靈與任凡到底在搞什麼把戲，只看到黑靈一掐一放一掐一放，好像在跟任凡玩似的，也忍不住在旁邊叫道：「你還在跟他玩！」

這一叫反倒給了黑靈一個很好的靈感：既然眼前這個殺也不是，不殺也不是，那就先殺後面那個。

黑靈一個轉身，立刻朝方正撲了過來。

任凡見狀，正想過來救方正，豈料黑靈這一招只是個幌子，一回頭狠狠地朝任凡一揮，扎實地打中了任凡。

任凡被打中了之後，整個人朝外面飛了出去。

黑靈偷襲成功，臉上浮現出笑容，可是笑容又瞬間僵住。

只見任凡黑靈的魂魄，再度緩緩從任凡身上站了起來。

被黑靈這樣打中的任凡，在靈魂還不安定的情況下，又再度出竅。

黑靈拔腿就跑，任凡的魂魄馬上跟著追了過去。

佳萱與方正立刻跑到任凡肉身身邊，準備隨時把任凡再救醒。

黑靈左逃右竄，終究被任凡逮到，想不到黑靈反而轉過身來抱住了任凡。

抱住任凡的黑靈，被任凡打了幾拳，仍不肯放手。

「糟了！」一瞬間理解黑靈行為的佳萱大叫：「他想要弄死任凡！」

「可是弄死任凡，他不是也糟糕了嗎？」

佳萱沒有回答，趕緊對任凡進行急救。

方正瞬間也理解了黑靈的行動，顫聲問道：「他想同歸於盡嗎？」

黑靈化的任凡用力地捶打著黑靈，壯碩的黑靈在任凡面前宛如一個抱住大人的小孩般，低著頭死命抱著任凡。

眼看那條線越來越細了，佳萱更加用力地想要急救，黑靈見狀，怒吼了一聲，將任凡的魂魄向外一扯，死命地甩了出去。

在黑靈的拉扯之下，任凡肉身與魂魄之間的連線，頓時斷裂，消失無蹤。

沒了連線的任凡魂魄，哀嚎了一聲，像斷了線的風箏直飛了出去。

看到此景的方正與佳萱兩人都傻了眼。

「線斷了。」方正恐慌地喃喃自語：「那……任凡……不就……死了！」

只要線斷了，我也會死。

任凡的話，在方正腦海中彷彿回音般。

眼看方正已經傻掉了，佳萱還保有一絲冷靜，任凡的魂魄飛了出去，黑靈的目標轉向了兩人。

眼看黑靈朝兩人過來，方正卻毫無反應，佳萱拉著方正想要逃，可是方正卻動也不動地看著任凡的肉身。

「不要發呆了！」佳萱急叫：「他要過來了！」

可是方正仍然毫無反應，黑靈一個箭步衝了上來，朝方正用力揮拳。

佳萱見狀，尖叫了一聲。

就在黑靈的拳頭快要碰到方正之際，不知道從哪裡射來了一支長矛，直直朝黑靈飛來。

黑靈趕緊向後躲避，方正因此逃過一劫。

兩個身影瞬間出現在兩人面前，那是自作主張認任凡為兄弟的黃泉雙飛。

原來是小憐、小碧對這次的任務感到不安，及時去搬救兵，帶了黃泉雙飛過來解救了任凡等人。

「你們帶著任凡的肉身，」岳飛對方正說：「快走！保住肉身還能有一線希望！」

聽到岳飛這麼說，方正才回過神來，與佳萱合力將任凡的肉身抬起來，朝車子的方向跑去。

就在兩人離開之際，身後的黃泉雙飛已經跟黑靈打到昏天暗地。

帶著已經斷氣的任凡肉身，方正與佳萱急忙駕車駛離現場。

後座撫摸著任凡肉身的小憐，驚慌哭著問旁邊的小碧：「姐，怎麼辦？」

小碧也是一臉愁容，有點不耐煩地說：「不要問我，我也不知道。」

6

方正等人將任凡送回了家，任凡靜靜地躺在床上。

「任凡就這樣死了嗎？」

小憐已經泣不成聲，小碧哽咽地跟方正解釋：「魂線如果斷了，靈魂就沒有辦法回到肉身。如果我們可以在十二個時辰之內，找回任凡的魂魄，並且將他安回他的肉身，任凡就可以活下來。不然肉身就會死去，那時候就算找到任凡的魂魄也……」

「那任凡的魂魄會到哪裡去？」

小碧緩緩地搖了搖頭：「沒有人知道，他會四處漂流，一直到死後七天才會回家。」

那不是跟大海裡撈針沒有兩樣？

方正頹喪地癱坐在椅子上。

小憐一直哭個不停，小碧靜靜地握著任凡的手，平常看起來就很開朗、冷靜的兩人，此刻全變了樣。

方正也一直守在任凡的床邊。

一直到現在方正都還不敢相信這一切是真的，任凡竟然會這樣就死了。

小碧強忍著悲傷，不斷派鬼魂出去尋找任凡魂魄的下落。

而外面除了原本就盤踞在其上的鬼魂之外，竟然慢慢地聚集了各地趕來的鬼魂，隨著時間的流逝，漸漸淹沒了整條街，就連附近的大樓都站滿了鬼魂。就算是鬼月的時候，也不曾見過那麼多鬼魂聚集在同一個地方。

「那些都是……以前任凡的客戶。」小碧淡淡地說。

一個熟悉的身影出現在門前，那是幾個月前，任凡與方正聯手一起對付過的女老師——程慧芳。

程慧芳帶著小朋友們走了進來，對小碧說：「大家都知道黃泉委託人的事情了，因為小朋友們很擔心任凡，所以我可以帶他們來看看任凡嗎？」

小碧點了點頭。

程慧芳帶著小朋友們來到了任凡的床前。

身為這些鬼小孩的首領的小明來到了床邊。

「黃泉委託人！你一定不可以輸！」小明對著任凡說：「可以打倒你的，只有我這個『陰間委託人』，知道嗎？」

終究還是小孩，原本應該是嗆聲的話語，竟然帶有哽咽的聲音。

說到最後，淚水嘩啦啦地從小明的眼眶流了出來。

看到這些鬼魂對任凡的關懷，讓方正無法理解。

大家都是橫跨過生死的，為什麼、為什麼大家還是會擔心任凡呢？

就好像他也不了解，自己有什麼好，值得淑蘋拿自己的靈魂來換。

人生真的有好多、好多無法理解的行為跟無法解釋的事情。

如果可以再來一次，自己說不定真的會答應淑蘋，娶她為妻。

恨啊！

不管是任凡的事還是淑蘋的事，都讓方正悔恨不已。

方正低垂著頭，痛苦地自責著。

一個熟悉的聲音傳入方正耳中。

「小白……」

方正抬起頭來，見到了兩張熟悉的面孔。

其中一個人正是以前曾經照顧自己的張大哥——張樹清警官。

另外一個是常常見到的任凡的鬼差好友——葉聿中。

「你們為什麼會來？」

張樹清有點為難地不知道該怎麼說，一旁的葉聿中冷冷地說：「我們是來領任凡的魂魄去枉死城的。」

這話一出，在場的人們無不用充滿敵意的眼光看著兩人。

方正哽咽地問道：「為什麼？」

「命線已斷，以枉死論之。」

「他不是你的好朋友嗎？」

「公歸公，」葉聿中毫無半點情緒地說：「私歸私。」

「對啊，」張樹清苦著一張臉說：「小白，你不要讓我們為難。」

「可是，命線斷不到十二時辰，任凡還有一線生機。」

「我知道，」葉聿中面無表情地說：「該給的時間，我會給他。可是如果十二時辰一到……」

「你放心！」方正一臉不甘地指著外面說：「你自己聽聽、看看！這些全部都是這些年來被任凡幫助過的魂魄！我們會在時間之內，找到任凡的魂魄，並且引他回肉身的！」

連方正自己都不知道哪來的自信，可以這樣說。

眾人在房間裡面靜靜等待著，時間卻一分一秒地流逝。

眼看著時間大限越來越接近，雖然已經有許多鬼魂在外面四處尋找著任凡的魂魄，卻沒有任何好消息。

剩下一個時辰不到了……

就算現在真的找到任凡的魂魄，也來不及了。

有種絕望的感覺，在眾人心中蔓延開來。

外面突然傳來了一陣騷動，那是從樓下傳來的。

方正等人趕忙到窗口一看，立刻興奮地叫了出來：「爐婆！」

只見爐婆帶著一整隊的法師，從廢棄大樓的入口緩緩走了過來。

爐婆走在前面，揮舞著手上的招魂旗。

後面的法師們，圍成了一個圓，方正朝圓中心一看，竟然有個熟悉的人影，那是一個巨大的黑靈，也就是任凡的魂魄。

爐婆帶著法師，引導任凡失神的魂魄，一步步回到了任凡的房間。

方正迎了上去，一臉歡喜地問：「爐婆！妳怎麼會知道！」

「你們不相信我，」爐婆瞪著方正，不悅地說：「我算出來的命，還會有假嗎？我就說這小子會死，你們不相信。要不是我早有準備，誰可以抓回這小子的魂？」

在爐婆的指揮之下，眾多法師合力念法，讓任凡的肉身與魂魄之間，慢慢的又浮現出一條線。

接著，黑靈化的任凡朝肉身飄過去，兩人慢慢重疊，一直到最後合而為一。

過沒多久，讓大家擔心了一整晚的任凡緩緩張開雙眼。

一看到任凡清醒，立刻有鬼跑出去告訴其他鬼。

外面苦苦等待的眾鬼們，立刻傳來了震耳欲聾的歡呼聲。

「黃泉委託人還活著！」

「任凡他沒有死！」

傳報消息的聲音此起彼落。

在歡呼聲中，任凡撐起了身子，坐了起來。

見任凡醒轉過來，爐婆走到任凡面前，狠狠地彈了他的額頭一下。

任凡懶洋洋地叫道：「唉唷。痛耶，爐婆。」

「知道痛啊！你這不要命的臭小子！」爐婆不悅地說：「你如果死了！你叫我怎麼跟師姐交代！」

任凡用手揉著額頭，看了看眾人，最後眼光停留在擔心了一整晚的小憐、小碧身上。

「對不起，」任凡對兩人說：「讓妳們擔心了。」

小憐哭著搖搖頭，小碧握著任凡的手，沒有多說什麼。

佳萱見狀，拍了拍方正，示意要大家都出去，給他們三人一點時間與空間。

7

「可惡，我中計了。」

任凡坐在客廳，整個人還有點像是大病初癒的病人般，臉色有點蒼白。

「中計？什麼意思？」

「我們對付的那個根本不是什麼無顏鬼。」

「喔？」

方正回想起那個黑靈，任凡說的也對，那人不但有著壯碩的體格還有一張英明的臉孔，怎麼看都不像是什麼無顏鬼。

「你是說，那不是我們要找的鬼嗎？」

「不，」任凡緩緩地搖了搖頭：「他的確就是我們要找的鬼，只是他的身分根本就不是什麼無顏鬼，他不只有頭有臉，還大有來頭。」

「喔？」

任凡苦笑：「也難怪旬婆找不到人可以收服他，他就是歷史上的常勝將軍，史上唯一被尊稱為霸王的——項羽。」

此話一出，方正與佳萱兩人瞪大了雙眼不敢相信地說：「什麼？」

方正不解地問：「既然如此，為什麼旬婆會叫他無顏鬼？」

「我大概知道原因。」任凡笑著說：「因為無顏見江東父老吧。」

「啊？」

「我以前聽說過，項羽因為剛愎自用，誤信劉邦，導致最後敗戰，驚覺自己辜負了江東父老的託付，自覺無顏相見，所以在烏江邊自刎。」

方正冷冷地說：「你是在幫我們上歷史課嗎？這些我想大家都知道。」

任凡白了方正一眼：「那接下來的事情你知道嗎？」

「什麼接下來的事情？」

「你以為人生到死就結束了嗎？」任凡搖了搖頭說：「你認為項羽不用下去報到嗎？」

聽任凡這麼一說，方正恍然大悟地喔了一聲。

「自覺無法面對父老的責難，所以項羽即便成了鬼，也成了一個無顏鬼。」任凡說：「因此，他一直躲在黃泉最陰暗的角落裡面。」

方正與佳萱點了點頭，表示可以體會。

「要說黃泉最陰暗的角落，除了旬婆所守的那座奈落橋之外，我想不到第二個地方，畢竟那裡是個鬼魂都不敢靠近的場所。」

「既然知道他是那麼兇狠的黑靈，」方正皺著眉頭說：「我們不能請你那個朋友去收服他嗎？」

「不行，」任凡搖了搖頭說：「項羽再怎麼說也是旬婆的人，在地位上與鬼差差不多，葉聿中也奈何不了他。」

「那怎麼辦？」方正一臉不妙的表情：「與黑靈打過照面會發生什麼樣的事情，這好像是你問過我的問題吧？你還悠哉坐在這裡？」

「別緊張，」任凡有氣無力地說：「我大概已經想到辦法對付他了。」

任凡說完，向小碧招了招手。

任凡在小碧身邊交代了幾句，小碧笑著點了點頭，輕輕一轉身化為煙塵，消失在眼前。

接著任凡又找來小憐，同樣在她耳邊交代了幾句，小憐也笑著離開。

「我請她們倆去找援軍了，」任凡緩緩站起身來：「那我們也差不多可以先出發了。」

「出發？」

「去哪？」

看到方正與佳萱默契良好的問話，讓任凡笑了出來，過了一會才正色回答：「去我們跟項羽決一死戰的最佳場所。」

8

任凡帶兩人來到了陽明山，遠離道路的一片大空地，旁邊一左一右各一個山坡。

眼看時間一分一秒接近午夜，任凡只是坐在空地上面，靜靜地等待。

「我說任凡啊，」方正沉不住氣，著急地對任凡說：「都已經快要到午夜了，你好歹跟我們兩個說一下計畫，讓我們心裡有點底吧？」

任凡懶洋洋地指著遠方一間房子說：「你們兩個有沒有看到那間房子？」

方正與佳萱兩人看過去，然後轉回來點了點頭。

「我已經請爐婆在那邊布置了陷阱，所以這次我們在時間上會充足一點。」

「陷阱？什麼陷阱？」

「我請爐婆製作三個人偶，將他們放在屋內，寫上我們的生辰八字，吸引項羽過去那邊。」

「喔喔喔！」方正聽到了計畫之後，明顯安心了不少：「這樣就可以困住項羽了嗎？」

「嗯，應該可以拖延他一陣子。」

想不到計畫竟然只能「拖延」一陣子，讓方正臉上的笑臉又瞬間消失。

「那他如果從陷阱逃出來呢？」

任凡面無表情的說：「就會來殺我們了。」

「那你這算什麼計畫啊！」方正大怒：「讓我們多活幾分鐘的計畫？」

原本還想要大罵，遠處的房子卻在這時傳來了那熟悉宛如恐龍般的叫聲，讓方正臉色刷一下由紅轉白。

方正結結巴巴地指著房子說：「他、他、他……」

「他來了，」任凡白了方正一眼：「你當我們是聾子嗎？」

方正張大嘴，正想要說話，一個聲音從後面傳來。

「好久不見了……黃泉……委託人。」

三人回過頭去，男子一副寒酸樣，苦著一張臉，身穿古裝，對任凡行了個禮。

「不是端午節才見過？有很久嗎？」任凡皺著眉頭說道：「屈大詩人。」

屈大詩人？端午節？

這次完全不需要任凡介紹，方正也知道來的人是誰了。

來的應該就是兩千多年前，投汨羅江自盡的屈原。

只見屈原抿著嘴，哀傷對著任凡說：「你不知人間一日，更勝黃泉十年嗎？」

任凡冷冷地說：「那你可以快點去投胎啊。」

屈原瞪著任凡，渾身顫抖，瞬間濕透，還不斷滴下水來。

「別介意，」任凡在一邊向方正和佳萱解釋：「屈大詩人只要一感覺委屈或激動，就會滴水。你也知道他的肉身千年來都一直泡在江裡面。」

「你以為我不想投胎嗎？可是這些年來被那些水鬼扣著屍體，已經錯過那麼多次的輪迴，你要我怎麼投呢？我是身不由己啊！」

「好好好，都是我不好，可以了吧？」任凡無奈地揮了揮手道歉：「你就別再滴水了，你忘記我的地毯就是這樣被你滴水滴到報銷的嗎？」

屈原聽了之後，點了點頭，身體又恢復正常。

「這次找我有什麼事情嗎？」

「沒什麼，」任凡面無表情地說：「想請你幫忙對付一個人。」

這話一說，屈原還沒什麼反應，旁邊的方正卻是張大了嘴。

原本還以為任凡會像上次在鬼門關前一樣，找來名震天下的大將軍，與項羽一決死戰。不然就找項羽的死對頭劉邦來，給他迎頭痛擊。

誰知道找來的幫手，居然是這種書生，雖然一樣名震天下，但是想要對付項羽，方正怎麼看都不覺得行得通。

方正趕緊把任凡抓到一邊說：「說到項羽不是應該找劉邦來對付他嗎？」

「仇人相見分外眼紅，」任凡無奈地說：「真的請來劉邦能不能打贏我也不確定，更何況不是我不想請，劉邦早就去投胎了，怎麼找？」

眼看方正還是一臉不放心，任凡拍了拍方正的肩膀說道：「安啦，他一定可以對付項羽。」

看任凡說得很有自信，讓方正不禁懷疑，難道屈原跟項羽，真的有什麼不為人知的關係嗎？

這時房屋裡面傳來了一陣怒號，方正與佳萱兩人縮成一團，一連退了好幾步。

「看來項羽已經突破我們的陷阱了，」任凡皺著眉頭說：「得快點才行。」

任凡快步走到屈原身邊，對著屈原說：「麻煩你了，屈大詩人，可不可以請你對著那間房子吟唱你的離騷？」

「啊！」

此話一出，屈原倒不怎麼驚訝，方正下巴卻快要掉下來了。

都什麼時候了，任凡的妙計竟然是對著屋子唱歌？

方正準備上前好好問清楚，身旁的佳萱突然叫道：「我知道了！」

方正一臉驚訝看著佳萱。

這一下弄得方正更加混亂。怎麼這個認識任凡沒多久的女人比自己更清楚任凡在搞什麼鬼？

方正一臉狐疑：「妳是真懂還是假懂啊？」

佳萱卻是一臉興奮地反問方正：「講到項羽你會想到什麼？」

「無顏見江東父老啊。」

「還有呢？」

「還會有什麼？」方正皺著眉頭想了一會：「常勝將軍？」

「劉邦怎麼打敗項羽的？」

「怎麼打敗……不就是假裝和談，然後毀約偷襲嗎？」

「然後呢？」

「然後……在烏江邊包圍項羽，啊！」

看到方正終於開竅，佳萱滿意地點了點頭。

「四面楚歌？」

「對，屈原是哪國人？」

「楚國。」

「那就對啦！」

「啊？」

就在佳萱不斷跟方正解釋的同時，遠處的房子傳來了一陣怒號，項羽已經衝出了屋子，正朝這裡飄過來。

任凡催促著屈原，要他趕快吟唱，豈料屈原聽了之後，只是仰著頭閉上眼睛。

「是怎樣？」任凡瞪大雙眼問：「你是忘詞嗎？」

「等等，」屈原優雅地說：「我需要醞釀一下。」

「啥？」任凡張大了嘴：「醞釀什麼啊？」

「醞釀你們現在人說的 FU 啊！」屈原不悅地解釋：「我的離騷寫的是耿耿忠心卻不被採納，只能眼看自己的國家危在旦夕，就像好心叫父親不要再往前走，他卻硬要走結果掉下懸崖，這種心情你懂嗎？」

「你心中的那個老爸都不知道摔死多久了，再不快點你眼前的人就要被你害死啦！」任凡不耐煩的大吼。

「如果不將心境調整到當時在汨羅江畔，準備投江時候的心情，吟唱出來，味道就會不對。」

任凡嘴唇微動，正準備罵人，想不到屈原先發制人，對著任凡不耐煩地「噓」了一聲，旋即閉上雙眼，陷入冥想。

任凡抿著嘴，渾身不住顫抖，等不到三秒，任凡便忍耐不住了。

「快點！來個人掐死我吧！」任凡發飆，狠狠指著屈原：「讓我變成黑靈幹掉他！」

任凡罵完，走過去準備扁人，方正跟佳萱見狀，趕緊拉住任凡。

「戰況都那麼緊張了！你還跟我說沒 FU 咧！」任凡對著屈原破口大罵：「現在立刻給我吟

出來！你再不吟，我就把你的屍體挖出來，重新丟回江裡！」

被任凡這麼一罵，屈原臉都綠了，趕緊伸手說：「好、好、好！我馬上！你別激動！」

看到任凡暴怒，屈原不敢再有半點拖延，清了清嗓子，旋即立刻開始唱道：「帝高陽之苗裔兮——朕皇考曰伯庸。攝提貞於孟陬兮——惟庚寅吾以降。」

想不到屈原才唱一句，四周就有聲音跟著唱一句，就好像回音一樣。

這裡只有兩面山坡，怎麼會出現這樣的回音咧？

方正與佳萱狐疑地看著四周。

「那邊！」

佳萱指著遠處的山坡，方正順著看過去。

才看清楚，原來小碧早就帶著許許多多老人與小孩的鬼魂，遠遠地站著。

「另外一邊也有。」

另外一邊也有小憐帶著鬼，跟著吟唱。

這些鬼魂都在等著屈原，只要屈原唱一句，他們就會跟著唱一句。

這就是四面楚歌。

只見這群鬼魂都非常賣力唱著，其中不乏一些方正見過的鬼魂，昨天來探病的程慧芳與她的鬼學生們也在其中。

尤其那個帶頭的小鬼小明，更是扯著破鑼嗓子大聲地唱，雖然發音、咬字跟旋律都有點不對，但光是這份誠意就已經形成一股強大的力量。

在四面楚歌的包圍之下，項羽抱著頭，大聲痛苦地哀嚎。

在屈原與眾鬼的歌聲催動之下，楚歌聽起來如此憂傷，不但將眾人帶進時光隧道中，更讓項羽回想起當時的悔恨與懊惱，還有無顏見江東父老的心情，全都浮現了出來。

在項羽的眼中，好像回到了當年，四周的森林不斷傳來楚歌般。

那個無恥之徒，包圍了我的軍隊，卻連與我正面交鋒的勇氣都沒有。

雖然有無限的憤怒，但是悔恨的心情卻有過之而不及。

只差一步，天下就在自已囊中。

項羽痛苦的跪倒在地上，不斷用手搓著臉，臉竟然就這樣慢慢融化。

不一會的工夫，項羽的臉上已光滑一片，完全看不到任何五官。

「差不多了。」任凡走向前，遠遠看著在地上痛苦不已的項羽：「你也囂張夠久了吧，楚霸王。」

任凡說完，將手插入口中，大聲地吹了聲口哨。

只見東西兩邊的山坡上，在口哨聲之後，萬頭攢動。

方正這才徹底明白，為何任凡會選擇這裡當作決戰的地方，原來他早已準備好千軍萬馬來對付項羽了。

西邊的山坡上，一員大將領著眾多的鬼怪宛如一支鬼軍隊般，對準了項羽。

西邊為首的正是黃泉雙飛的張飛。

張飛身穿軍裝騎在鬼馬上，對著後面的軍隊大叫：「兄弟們！有仇報仇，沒仇練拳頭！咱們今天就要讓這楚霸王知道，除了劉邦之外，還有一對黃泉雙飛可以讓他無顏見江東父老！」

東邊同樣是一人率領著軍隊，領頭大將正是黃泉雙飛中的岳飛。

岳飛同樣軍裝筆挺，縱馬在前對著身後的軍隊信心喊話：「各位，我是岳飛，你們在我的指揮之下，所以現在的你們，就是轟動天下的岳家軍。用我們岳家軍的威武，踏破陽明山關吧！」

「擊潰項羽！」

「打倒楚霸王！」

在黃泉雙飛的率領，所有曾經受過任凡恩惠的鬼魂們，宛如訓練有素的軍隊般，衝向項羽。

項羽在屈原四面楚歌的歌聲之下，不但失去了臉孔，更失去了鬥志。在四面八方的鬼魂攻擊過後，項羽像在猛烈海浪之上的浮木，載浮載沉，任人宰割。

雖然天生的神力與怨念，讓項羽能夠稍微反抗，但是在張飛、岳飛兩人帶兵多年的領導之下，鬼軍隊前仆後繼的攻勢，就算是人稱西楚霸王的項羽，也逐漸不敵這兩支烏合之眾。

岳飛與張飛聯手將項羽壓制在地上，旁邊的隨從七手八腳把項羽綁得跟粽子一樣，拖到了任凡的跟前。

任凡冷冷地看著容貌融化不見的項羽，輕輕地嘆了口氣。

對項羽來說也好，對任凡來說也好，人世間有太多東西不能盡如人意了。

同樣都是背負著自己過去而生的魂魄，任凡感覺到此刻的項羽與自己有太多相同之處。

「聿中，」任凡對著不知道何時出現在身後的鬼差葉聿中說：「他就麻煩你交給旬婆了。」

聿中點了點頭，將身上的鎖鏈綑綁在項羽身上，用力一扯，兩人都消失在面前。

任凡冷冷地轉過頭去，白了在旁邊的屈原一眼。

這時的屈原仍然拉長了嗓子，吟唱著自己的離騷。

看樣子，他不把整首歌唱完是不會罷休的。

第4章・過去

1

收服了項羽的翌日，任凡約了方正，兩人直接來到了爐婆的神壇前。

印象中，旬婆不是給了任凡三個試驗嗎？

收服項羽不過只是其中一個試驗，為什麼任凡就來找旬婆了呢？

這幾天幾乎都跟任凡形影不離的方正，根本沒看到任凡去解決另外兩個試驗啊。

「爐婆，麻煩妳了。」

還沒有獲得解答，任凡就已經讓爐婆請旬婆上來了。

「嘿嘿，」被旬婆上身的爐婆，笑笑搓著手說：「想不到你竟然可以收服我的無顏鬼。不錯、不錯，黃泉委託人果然有兩下子。」

「天下聞名的楚霸王，被妳說成無顏鬼，不會太委屈他了嗎？」

「啐，」旬婆不悅地揮了揮手：「你們人世間的名聲與我何干，在這裡他不過就只是我最好的看門狗，如此而已。」

旬婆說完，上下打量了一下任凡，斜笑著說道：「不過他竟然會被你收服，我看你死後，要不要考慮捨棄你的乾奶奶，來幫我守護奈落橋啊？」

任凡冷冷地回道：「不必了。」

旬婆白了任凡一眼。

「至於妳的另外兩個委託……」任凡皺著眉頭說：「祭拜妳的方面，我已經跟妳現在的肉身說好了，她會把妳當成世祖，定時祭拜妳，把妳當成祖師爺一樣祭拜。當然她將來收的徒弟，也會把妳當成祖師爺，這樣可以了嗎？」

旬婆聞言，左右張望一下，眼神充滿懷疑，似乎對這樣的環境並不滿意。

「能夠請妳上來，法力如何妳應該最清楚。有她祭拜妳，把妳當成祖師爺，我想絕對符合妳的需求吧？」

旬婆聞言，笑著點了點頭，看起來似乎滿意地說道：「好，可以。」

「至於妳的最後一個委託嘛，」任凡不懷好意地笑著說：「就在我的旁邊。」

方正張大了嘴，一臉驚訝：「啊？」

「啊什麼，」任凡正色地說：「還不叫奶奶！」

旬婆一聽眼睛瞪得大大的，一臉欣喜地看著方正。

完全無視於方正的訝異，任凡繼續說：「至於妳的乾女兒，當然也是現在妳的肉身。由妳的乾女兒，認妳做祖師，不但侍奉妳，還將流傳下去，我想應該最適合不過了吧。」

旬婆聽了滿意地連點了好幾個頭。

方正卻是一張臉像苦瓜一樣，作夢也想不到任凡解決剩下兩個委託的辦法竟然會用上自己。

「等旬婆走了之後，你跟爐婆結乾親，讓她收你做乾兒子，然後你們兩個一起拜旬婆為乾媽、乾奶奶，這樣就等於一家祖孫三代，和樂融融了。」

任凡說得簡單，方正卻感覺一陣頭暈目眩。

有個騙神騙鬼的法師當作乾媽已經足夠讓他暈倒了，更何況現在還有旬婆這不得了的人物當乾奶奶，剎那間方正真的不知道該痛哭失聲還是該開心大叫。

「旬婆，妳別看他這個模樣，他可是現在警界最知名的警官，要當妳的乾孫子，除了他之外，誰夠份量呢？」

「不過，」旬婆挑眉：「他好像不太願意耶。」

「沒有，」任凡在一旁解釋：「他開心就是這模樣。」

任凡解釋完，輕聲在方正耳邊說：「怎麼？有個黃泉界赫赫有名的人物做你的乾奶奶，你應該開心到不行才對啊。」

「啊？」方正一臉為難：「這……」

「怎麼？你不是欠我一個人情嗎？你想拒絕我嗎？」

「不是，你好歹也跟我說一下嘛。」

「哎呀，你要我幫忙的時候也沒跟我說一下，直接就把人帶來了。你想清楚喔，現在是你清還債務最好的時機啦，這個好像對你比較划算喔，不用花力氣，還多了個可靠的乾媽跟乾奶奶。」

雖然方正一點也不覺得有了這兩個「可靠」的乾媽跟乾奶奶，哪裡比較划算，不過光是旬婆那兇狠的眼光，就讓方正不敢說不了。

「乾奶奶，乾孫子方正跟您請安。」

「嗯，嗯。」旬婆點頭開心笑道：「晚點我要你乾媽包個紅包給你。」

「謝、謝謝。」

方正實在不敢想像，從爐婆那邊收到的紅包會是冥紙還是台幣。

「好啦，這樣妳委託我的事情，就算全部告一段落了。」任凡笑著說：「旬婆妳還滿意嗎？」

「不滿意，」旬婆側著頭說：「但是勉強可以接受。好啦，死小子，我會派人把旬婆湯送過去，你安心吧。」

任凡點了點頭。

旬婆轉過來對著方正說：「乖孫，有空多來找乾奶奶聊天啊。」

方正雙目失神，愣愣地點了點頭。

「嗯，那乖孫好好保重啊，」旬婆揮了揮手：「乾奶奶先走囉。」

當旬婆低下頭去，將身體還給爐婆的同時，方正再也撐不下去，頭一仰也跟著暈了過去。

2

與爐婆與方正再三溝通，任凡為兩人完成了結乾親的程序，也幫爐婆設好了旬婆的祭壇之後，旬婆果然派鬼差送了一碗旬婆湯來。

任凡立刻要小憐將家瑜找來。

過沒多久，就見到小憐帶著家瑜與銘鈺前來。

「這就是妳委託的旬婆湯。」任凡指了指桌上冒著黑煙的湯：「只要喝下這碗湯，就可以恢復靈魂所有人生的記憶。」

家瑜見狀一臉驚喜，握著銘鈺的手，可是銘鈺卻仍然雙眼發直，毫無意識。

「現在妳的委託算是完成了，妳可以跟我們解釋一下嗎？為什麼妳那麼執著要橫渡黃泉？又為什麼一定要恢復他的記憶？」

一般來說，任凡對客戶的委託原因，是不會加以過問的。

但是這次的任務，比起過去任何接過的委託還要更加危險，所以不禁讓任凡也跟著好奇了起來。

「我跟他在千年之前原本是一對夫妻，我的父親是朝廷命官，他們家是農民。家族的身世差距懸殊，讓我們的愛情一直不被祝福，但是最後我以死相逼，父親勉強答應了我們兩個人的婚事。」

雖然故事是講給任凡聽的，但是家瑜的雙眼始終含情脈脈地看著銘鈺。

「想不到在我們兩人成親之後，當庭皇上突然下召要我入宮，我本來打算與他一起遠走高飛，卻萬萬想不到在行前，他卻病了。我的父親為了讓我順利進京當妃子，在我不知情的情況之下，在我熬煮給他的湯藥裡面下了藥，借我的手下毒殺害了他。」

說到這裡，家瑜的眼中滾落了淚水。

「我得知之後，立刻隨他而去，想不到在黃泉路上，一直無法追上他。一直到了奈何橋，都沒有辦法跟他解釋。」

家瑜拭去臉頰上的淚水。

「所以妳為了保留記憶，自願橫渡黃泉？」

「嗯，」家瑜點了點頭，臉上蒙上一層哀戚：「可是這千年之中，我在黃泉裡一邊忍痛前進，一邊看著他一次又一次的渡過了奈何橋，也看到他一次一次飽受孟婆湯之毒所苦，途中好幾次都快要撐不下去了。但是最後我還是咬緊了牙關，花了千年的時間，才終於橫渡了廣大的黃泉上岸，就是為了與他再續前緣。」

任凡苦笑搖了搖頭，看著家瑜問道：「值得嗎？」

家瑜看著銘鈺，笑著說：「為了他，千年的椎心刺骨之痛又算什麼？」

家瑜的笑很淡，但是看在任凡的心中卻很苦。

到底是什麼樣的感情，值得她承受千年的痛也要喚回？

任凡緩緩點了點頭，然後用手比了比旬婆湯。

「可以給我一點時間嗎？」

任凡對小憐、小碧說：「小憐、小碧，麻煩妳們帶他們到客房。」轉頭對家瑜說：「你們可以慢慢來吧。」

家瑜對任凡鞠躬道謝，然後跟著小憐、小碧走了出去。

走沒兩步，家瑜似乎想到了什麼，轉過身來，走到了任凡身邊，在任凡身邊說了幾句話。

任凡聽了之後，瞪大了雙眼。

家瑜說完之後，離開了辦公室。

小憐與小碧帶著兩人到了客房。

在客房裡面，家瑜整理了自己的儀容，希望等等可以讓恢復記憶的銘鈺，第一眼見到的是最美麗、最美好的自己。

在小憐、小碧帶兩人離開之後，任凡嘆了口氣，轉身到後面掛有六大原則的牆壁前，將六大原則的掛軸拿開，裡面有一個保險箱。

任凡輸入了密碼，將保險箱打開。

這個保險箱，原本是任凡設計，要放收到的報酬之中，比較珍貴的東西。

卻萬萬想不到，除了那罐可以見鬼的靈晶藥水之外，一直以來只擺著一個小箱子。

對任凡來說，箱子裡面的東西，才是最珍貴的東西。

門外，小憐正想要進房，卻被小碧抓住，小碧苦澀地搖了搖頭。

任凡將箱子拿出來，緩緩地打開箱子。

箱子裡裝的是一副黑框眼鏡，一邊的鏡片已經破裂。

是啊，跟他們比起來，自己所受的苦又算得了什麼？

任凡看著黑框眼鏡，酸楚地想著過去的回憶。

妳現在還好嗎？是否過著妳想要的生活？

妳想找的那個女鬼，是不是已經報了仇？

對不起，我不能陪妳走。

心痛的回憶在腦海裡面翻滾。

為了尋找當年生下自己就失蹤的生母，任凡成為了黃泉委託人。

但是對任凡來說，她的下落與近況，是他最想知道，也最不敢知道的事情。

就連任凡也不曉得，自己能不能再次轉身離去。

所以他從一開始就決定不接活人的委託，只跟鬼打交道，就是希望永遠不要接到她的委託。

還記得那時候，任凡只是個高中生。同樣是高中生的她，卻已經相當成熟。

為了可以拜撚婆為師，她一直站在家門前不肯離去。

任凡好奇靠過去問她，才得知原來她小時候，因為遇到了一個女鬼，弄到家破人亡。

於是任凡幫她跟撚婆求情，希望撚婆可以收她為徒。

撚婆收留了她，而她也跟任凡成為了最要好的朋友。

看著兩人的感情逐漸升溫，擔心的撚婆告訴了任凡他自己的命格。

任凡的命很陰，不但如此，他還會剋殺任何身邊的人。

如果不是撚婆學過法術，早就被任凡給剋死了。

在所有人之中，差不多每十萬人，可能才會出現一個人，不被任凡之命所剋。

而撚婆早就算到了在任凡的人生之中，除了自己以外，只有一個人會不受影響，那個人正是後來任凡所認識的方正。

當然撚婆也知道，任凡已經連續八十一世，皆為死嬰。

就算可以從母親的肚子活著被生下來，最長壽也活不過四十九天。

他身上的怨氣，就是這八十一世所累積下來的，至於他到底做了什麼才得到這個報應，恐怕只有孟婆知道，其他人都只能猜測而已。

了解自己的命格之後，任凡掙扎許久，最後還是選擇離開。

自從下了這個決定，對任凡來說，這輩子除了生母的訊息之外，最想知道的問題就是——茹茵的下落。

是的，她叫做楊茹茵，一個總是戴著黑框眼鏡的女孩。聰明，說話卻總是冷冷的她，是任凡這輩子唯一的朋友，也是任凡這輩子唯一愛過的人。

但是，他還是讓她傷心了。

而這副眼鏡，是任凡唯一的紀念。

3

門外的騷動打斷了任凡的回憶。

聽起來是一對男女在大聲吵架的聲音。

任凡皺著眉頭，將茹茵的眼鏡收好，重新放回保險櫃。

任凡走了出去，只見銘鈺一臉暴怒地走了出來，而家瑜早已不知去向。

經過小憐跟小碧的解釋，任凡才知道，原來銘鈺的記憶恢復之後，卻突然大怒，指著家瑜就是一陣破口大罵。

家瑜幾度想要解釋，都被銘鈺粗暴地打斷。

最後無法解釋的家瑜，被銘鈺罵到崩潰，哭著離開了。

任凡聽了之後，整個臉色都沉了下來。

「你是誰？」銘鈺指著任凡罵道：「那個蕩婦的新歡嗎？那麼你一定大有來頭囉？那蕩婦就是喜歡有權有勢的男人，甚至可以為了別的男人親手殺死自己的丈夫。」

任凡不屑地回問：「那她為什麼會嫁給你這種垃圾呢？」

銘鈺聞言，臉色鐵青地瞪著任凡。

完全無視於銘鈺的暴怒，任凡不屑地問：「我問你，你還算男人嗎？」

銘鈺吹鬍子瞪眼睛地怒問：「什麼？」

「我說，你還算男人嗎？」任凡白了銘鈺一眼：「一個女人為了你承受了千年之痛，只為了跟你解釋，你卻連聽都不屑聽，你還算男人嗎？」

銘鈺因為憤怒而渾身發抖，雙眼直直瞪著任凡。

「每個靈魂，都應該有改過自新的機會，你卻連個機會都不給她。」

銘鈺咬牙切齒地說：「有些錯是無法被原諒的，你根本就不懂！」

「或許吧，我的確不了解你，」任凡上下打量了一下銘鈺：「我更不知道你到底有什麼地方值得她這麼付出。沒有一段愛情值得付出千年，尤其是對你這種人，連愛都是一種浪費。」

面對任凡的冷嘲熱諷，銘鈺弓起了背，彷彿隨時都準備發動奇襲。

但是連項羽都不畏懼的任凡，當然不會把他放在眼裡。

任凡冷笑了一聲，看著進入備戰狀態的銘鈺，冷冷地說：「想動手嗎？我可先警告你喔，我心情不是很好，尤其是在經歷了這麼多狗屁倒灶的事情之後。」

任凡臉色沉了下去，雙眼怒目瞪著銘鈺。

的確，家瑜與銘鈺的愛情就好像天空的閃光一樣，把任凡與茹茵的過去變得黯淡無光。畢竟跟那兩人相比，任凡與茹茵根本不曾像他們一樣相戀。

在還沒開始之前，一切就結束了。

而家瑜與銘鈺不但擁有彼此，還一起度過了一段甜蜜的時光，卻不知道珍惜。看在任凡的眼中，感覺非常刺眼。

一股怒火在任凡胸中燃燒，任凡指著銘鈺罵道：「你這男人有資格談情說愛嗎？你連自己的枕邊人都不能信任，連自己的老婆都不能了解，你還算男人嗎？」

雖然恢復元神不久，但這時的銘鈺不再是白癡，他已經知道任凡不是他惹得起的人，光是身後的兩個女鬼，就足以把自己大卸八塊了。

面對任凡的責罵，銘鈺只是惡狠狠地瞪著，卻沒有多說什麼。

「一廂情願就認為她是為了別的男人才殺死你。你知不知道，為了讓你回復這些記憶，有多少人差點死於一旦？她又是付出多少代價，才換來這一切！」任凡憤怒地說：「你這不知道感恩的王八蛋！你如果再不悔改，不需要孟婆湯，我也要把你扁到變成白癡！」

「你懂什麼！」銘鈺大吼：「你有被人背叛過嗎？我已經不只是戴綠帽了，而且我老婆還為了讓我戴綠帽而殺害我！你了解那種感受嗎！」

「就算真的是她殺了你，難道都不能有苦衷嗎？」任凡恨恨地說：「更何況，她為了告訴你，她始終愛著你，下毒的是她父親，因此連孟婆湯都不肯喝，花了千年橫渡了黃泉，只為了告訴你，她沒有傷害、背叛你。你卻這樣對她？」

「你胡說！」

「沒關係，你就當我胡說，但是……」任凡瞪著銘鈺：「如果是真的呢？」

銘鈺身子震了一下，難以形容的悔恨感，在他的心中沸騰。

不可能，這男人說的不可能是真的。

因為當時他枉死的時候，的確被鬼差告知，自己是死在家瑜手上的。

「不可能！」

「湯是她煮的，藥是她放的。」任凡側著頭：「但是她卻不知道那是害死你的毒藥，如果是這樣，你還要怪她嗎？」

銘鈺整個人像是被擊垮的拳擊手般，搖搖晃晃連站都快要站不穩了。

他先看看任凡，又看看小憐與小碧，從他們的表情上，銘鈺第一次知道自己可能錯了，而且錯得離譜。

4

在兩棟宛如雙生兄弟的廢棄大樓後面，一扇金屬鐵門，平躺在雜草叢生的草地上。門的後面有一條長長的地道，地道兩側的牆上放滿了罈子，每個罈子中都有著兇猛駭人的黑靈。

這些黑靈是當年任凡與撚婆兩人聯手收服的惡靈。陰暗的地道，任凡拿著手電筒，朝著最深處走去。

約莫走到中段，經過了數個月前收服裝有黃翼飛的罈子後，兩側牆上空無一物。想想自己也已經有一段時間沒再接到有關黑靈的案子，最能證明他豐功偉業的罈子也因此沒再增加了。

然而任凡的目的不是回味過去，他依舊朝深處挺進。

過了一會之後，地道的盡頭出現在任凡的眼前。

在地道的盡頭處，有一張寫滿經文的繩網，在繩網之後，有一個古瓷花瓶，被數條繩索與符咒固定在牆上的架子上。

任凡將手電筒放在旁邊牆壁的櫃子上，光線對準了花瓶，搓著雙手凝視著花瓶。半晌，任凡搖搖頭，苦笑對著花瓶說道：「一切都在妳的算計之中吧？」

任凡看著花瓶，對著花瓶說道：「多年前，從旬婆那邊讓他失蹤的人就是妳吧？」

任凡就好像真的在等花瓶回答似地停頓了一會。

「多疑的妳，一直擔心有一天，有人會出現動搖妳在黃泉界的地位，所以妳需要大量的惡靈，當作妳的棋子。多年來一直擔任旬婆身邊侍衛的他，成為最好的人選。畢竟會到旬婆前面去報到的，都不是什麼善類，而可以壓制住這些惡靈的他，無疑是妳穩固黃泉界政權最得力的助手。可是他的威力遠遠超過妳的想像，就連妳都控制不住他，所以妳只能把他當成消滅妳政敵的最後一張王牌。在我們大戰前夕，妳也料到自己可能會失敗，所以將我母親的消息，告訴了家瑜，要她多年之後來委託我。妳知道要解孟婆湯之毒，我一定得要找上旬婆，也知道旬婆一定會用這個當作條件，來委託我。這條借刀殺人之計，也算得上非常精密了。」

任凡回想起四年前，自己與撚婆兩人與她相鬥的情景，當時的兩人，被她耍得團團轉，連撚婆都身陷危機之中。而那一戰，幾乎成了任凡在黃泉界的分水嶺，因為大戰之後，幾乎全黃泉界的鬼都知道有一個「黃泉委託人」，將他們從她的統治之中拯救了出來。

「只要殺掉我，妳殘留的餘黨就會想辦法把妳放出來，到時候妳又能再度君臨黃泉界，這就是妳鹹魚翻身的計畫吧？只是人算不如天算，妳想不到就連他也殺不了我吧？」

說到這裡，任凡不禁苦笑，搖了搖頭說道：「妳真的是史上心機最重的女人，留下無字碑，公告世人妳即將君臨黃泉界的野心，訴說著妳的春秋霸業才剛開始而已。可惜，縱橫陰陽兩界的妳，就好像兵吃將一樣，一物剋一物，我就是妳的剋星。妳就在那個花瓶裡面，盡情地恨吧。武、則、天。」

任凡說完，拿起手電筒，頭也不回地轉身離去。

留下隱身在黑暗之中的花瓶，輕輕地震動了一下。

終章・離別

1

在寂靜的山丘，一棟平房就坐落在樹林的包圍之中。

這裡是傳奇法師黃鳳嬌，也是人稱的撚婆，歷經多年的伏魔生涯之後隱居的場所。

天性不喜歡熱鬧，更不喜歡張揚的撚婆，隱居在這裡的事情，只讓自己的乾兒子任凡知道，就連以前的同門師弟、師妹，都不知道撚婆隱居的地方。

誰知道在幾個月前，任凡突然帶來一個叫做易木添的法師前來，說是撚婆的崇拜者。

原本還以為他只是來看撚婆一眼，滿足內心的好奇之後，就會消失在撚婆生命之中。萬萬想不到，之後易木添幾乎每過兩三天就會帶著大包小包的物品，希望撚婆可以收他為徒。

正當撚婆在神堂前面的時候，又聽到了外面傳來了車子的聲音。

「我的媽啊！那小子又來了。」

一心以為又是那個姓易的小子上山來找自己，撚婆立刻朝內房走去。

過沒多久，一個身影出現在大門外，撚婆拿著木棍，從房間裡面走出來對著外面叫道：「你每隔幾天就上來，是要盧我到什麼時候？」

定睛一看，來的人卻不是易木添，而是一臉莫名其妙的任凡。

「我有那麼常上來嗎？」任凡一臉狐疑：「我自己怎麼都不知道？」

「是你喔。」撚婆白了任凡一眼：「我以為又是你上次帶來的那個傢伙。」

「嗯？」任凡一臉狐疑地說：「妳說那個兩光法師啊？」

「不就是他嘛，三天兩頭就帶著一堆東西來，一直要我收他為徒。」

「這不是很好嗎？妳就收他做徒弟吧。」

撚婆白了任凡一眼啐道：「該學的他不是都去學了，只是不懂如何運用而已，這種東西講的是天分，你想看我被他氣死嗎？」

「有那麼嚴重嗎？」

「我光是叫他不要叫我黃天師，叫我撚婆，他都學不會了，收他做徒弟，不被氣死才怪。」

撚婆這麼一說，任凡就想起了當時在鬼門關前，他一直把黃天師掛在嘴邊的模樣，儼然就是把黃天師這名字當成自己的口頭禪了，要他改口恐怕很困難吧。

「這次又接到什麼棘手的案子？」撚婆白了任凡一眼：「我已經不想問你是不是又去惹到黑靈了。」

但是撚婆彷彿感覺到什麼，發現任凡有點不對勁，所以也沒像平常那樣發飆。

撚婆轉過頭去，靜靜地收拾著神桌上的東西。

任凡看著撚婆的背影，沉默了一會，仰著頭緩緩地說：「我知道『她』在哪裡了。」

撚婆一聽，身子震了一下，臉上的表情也微微起了變化。

「怎麼知道的？」

「武則天利用這個情報設下了陷阱，想要對我報仇。」

「哼，」撚婆一臉不悅：「我就知道那女人不會那麼簡單就罷休。結果呢？」

「我已經搞定了，情報也入手了。」

「然後呢？她……在哪裡？」

「歐洲。」

撚婆聽了皺了皺眉頭，沉默了一會。

「所以，你要離開了嗎？」

任凡用表情代替了回答。

撚婆嘆了口氣問道：「你捨得你的生意嗎？好不容易建立了黃泉委託人的招牌，現在生意源源不絕。你一走，一切可能都會歸零喔。」

任凡苦笑搖了搖頭：「我會成為黃泉委託人，就是為了這個目的。現在為了黃泉委託人的招牌，而放棄這個目的，不會太好笑了嗎？」

「會嗎？」撚婆一臉無所謂：「我一點也不覺得好笑啊。」

終究還是一手撫養任凡長大的媽媽，這一對沒有血緣關係的母子，情感早就跟母子沒有什麼兩樣。

只是兩人都不擅長處理感情，所以在這種時候，只能用沉默來代替心中的不捨。

「唉，你一直很固執。」撚婆無奈地說：「我想不管我怎麼說，都阻止不了你囉。」

「乾媽。」任凡苦著臉：「妳我都知道她是無辜的，被詛咒的命運是我的，不是她的。我只是借她的肚子出來，她不應該有這樣的下場。」

「你又知道了？」撚婆不以為然：「說不定這是她自己的選擇。你為什麼老是用你自己的想法去想別人呢？對你媽的事情是這樣，對茹茵也是……」

撚婆是真的動氣了，因為茹茵這名字，在茹茵走了之後，兩人之間就從來沒有提起過。

任凡默默地承受，因為他也了解到撚婆心裡也不好過。

撚婆一定也很自責，因為是她告訴任凡，他的命格會剋死所有身邊的人，才會讓任凡決定離開。

那是任凡第一次離開撚婆，也離開了茹茵。

現在是第二次。

但是這一次，任凡不知道要何時才會回來。

說不定，兩人將永遠告別。

「乾媽，」任凡的聲音有點哽咽：「妳好好保重。」

撚婆始終不肯轉過身來，只是微微震了一下，然後滿不在乎地說：「去，你才需要保重。」

任凡多看了兩眼撚婆的背影，才緩緩轉身離開。

在任凡的車子旁邊，兩個熟悉的身影守在那裡。

他們是常常協助任凡的好幫手——鬼半仙與廖爺。

「半仙，廖爺。」任凡向兩人一鞠躬：「乾媽就拜託你們了。」

兩人見任凡鞠躬嚇了好大一跳，想不到平常落落大方，不管發生什麼事情都不看在眼裡的任凡，竟然會如此慎重其事向兩人鞠躬，兩人手忙腳亂地扶起任凡。

「三八啦，我們兩個什麼交情了，還跟我來這套。」

「就是說啊，黃泉委託人你就不需要這麼多禮了。放心，一切包在我們兩個身上。」

「黃泉委託人你放心！我會照顧她就好像照顧我娘一樣！」

「謝謝你們。」任凡笑著點了點頭。

夕陽緩緩西下，將整片森林都灑上了悲傷的色彩。

2

清晨，四周的街道仍然沉睡著。

黃泉委託人作為根據地的大樓，卻透露出些許哀傷的氣氛。

「黃伯，」任凡對著難得頭顱安好在頭上的黃伯說：「我不在的時候，就請你多費心了。」

「哪裡，」黃伯抿著嘴說：「我會盡力的。」

黃伯身後阿丹率領的小鬼們，早已經哭成一團。

小鬼們一擁而上，抱著小憐、小碧嚎啕大哭。對這些小鬼來說，小憐、小碧在這幾年就好像他們的母親一樣。

三人花了點時間安慰了小鬼之後，才緩緩下樓。

樓梯間站滿了住在這裡的鬼魂，每個都依依不捨地跟任凡三人道別。

就連那多年不曾中斷的戲班，今天也沒有好戲上演，演員們排成一行，在道別的行列裡面，跟任凡道別。

與眾鬼道別之後，任凡走到門口，遠處一台熟悉的車子，緩緩開了過來。

早上方正接到了任凡的來電，要他立刻來一趟，所以方正特別開車趕了過來。

方正才剛下車，就看到了任凡跟小憐、小碧，帶著大包小包，看起來好像要出遠門的樣子。

見到這個情況，方正心裡泛起了不安，問道：「怎麼啦？」

任凡淺淺地笑著說：「我必須要離開了。」

心中的不安成真，讓方正立刻緊張地問：「你要去哪？多久回來？」

「你問那麼多幹嘛？」任凡白了方正一眼：「你想跟我一起去嗎？」

任凡拿出一罐透明的小瓶子，裡面裝著隱約發出綠光的液體。

任凡將瓶子拿給了方正：「這個給你，省著點用。」

這東西方正怎麼會不認得，照任凡的說法，這正是讓方正這種看不到鬼的麻瓜，也能夠見到鬼、聽到鬼的靈晶。

方正當然也知道，蒐集這東西很不容易。必須從滯留人間多年的鬼魂身上，才可能得到一兩滴。

一向把這靈晶視為寶貝的任凡，現在竟然會整罐交給方正，讓方正心裡泛起了不安。接過罐子之後，方正的手停在空中不敢收回。

「別嚇我好不好，」方正苦著一張臉：「你這樣給我的感覺，好像你永遠不回來似的……」

「怎樣？你也會捨不得我啊？」

方正幾乎不假思索地叫道：「當然會啊！」

如此直接的反應，讓任凡瞪大眼睛狐疑地看著他。

方正趕緊補充說道：「再、再怎麼說，我們也是……朋友啊。」

「朋友？」任凡苦笑。

想不到除了茹茵之外，還有人會這麼對自己說。

「我的朋友，可不好當喔。」任凡淡淡笑著說：「會有生命危險喔。」

「哈哈哈哈，」方正豪爽地笑著，側著頭問：「你看我像是貪生怕死的人嗎？」

「……」任凡認真地說：「像。而且我不是開玩笑的，是真的會有生命危險喔。我這條命天生就會剋死身邊所有的人。」

任凡說著，臉上寫滿了無盡的落寞，怕方正看到，任凡轉過身去。

就是因為這樣的命格，任凡才會遠離茹茵，消失在她的生命之中。

因為任凡非常清楚，如果茹茵因為自己的命格而受到任何的傷害，任凡永遠都無法原諒自己。所以他選擇不作解釋，悄悄離開。

「聽乾媽說，大概每十萬人才會有一個人，不會被我的命格影響。不過……誰知道呢？看你三番兩次跟我混在一起也沒出意外，或許你真的是那十萬分之一的人也說不定。」

任凡回過頭，方正已經不知道在什麼時候閃得遠遠的，揮著手大聲說道：「你路上保重，回來一定要立刻跟我聯絡！」

任凡白了方正一眼，苦笑搖搖頭，轉身帶著小碧、小憐朝著大門走去。

陽光緩緩從兩棟廢棄大樓之間照射下來，清晨的薄霧彷彿也在呼應離別的氣氛，讓人的心情灰灰茫茫。

長達八年的黃泉委託人，就這樣吹了熄燈號。

沒有人知道他要去哪裡，更沒有人知道他會不會回來。

帶著眾多未知與不捨，方正與眾鬼們看著任凡與小憐、小碧的身影，慢慢淹沒在清晨的薄霧之中。

3

同樣的黑色海天連成一線，同樣連接千萬年不曾中斷的人龍。

家瑜又再度來到了孟婆湯之前，淚水卻悄然從她的臉龐上滑落。

千年肉身之痛換來的竟是這般更椎心的痛，往事一幕幕浮現在眼前，還記得在黃泉之中度過的千年時光，自己忍受著不斷襲來的刺骨之痛，眼睜睜看著銘鈺恍恍惚惚走在橋上。不管如何哀求，不管如何叫喊，他連看都沒看她一眼。

當初銘鈺是帶著什麼樣的心情一飲而盡，現在家瑜終於感覺到了。原來心痛真的比肉體的疼痛要來得深刻許多。

罷了，罷了。

或許這就是所謂的報應吧。

家瑜流下了淚，緩緩捧起了孟婆湯。

童子看到了，伸手想要阻止家瑜，卻看到了旁邊的孟婆，嘆了口氣，緩緩地搖了搖頭。

能夠橫渡黃泉的人，屈指可數。

孟婆早就認出家瑜，也大概知道是怎麼一回事了。

看樣子家瑜真的找上了任凡，而任凡也成功得到了旬婆湯，至於結果如何，看家瑜的模樣大概也知道了。

想不到那臭小子連旬婆都能搞定，可惜結果只是多一個傷心的靈魂。

對任何心痛的人來說，回憶是最大的負擔，而孟婆湯是最完美的解藥。

家瑜看著孟婆湯再度流下淚水，將碗放到嘴邊緩緩的喝下一碗孟婆湯。

銘鈺的面孔就好像被雨水洗刷而過般，在家瑜的記憶中慢慢消退。

「唉，帶她上路吧。」

家瑜在前後兩人的帶領之下，緩緩走上了奈何橋。

「家瑜！家瑜！」

家瑜才剛上橋，就傳來了銘鈺的叫喊聲。

銘鈺急急忙忙跑到橋邊，卻被守橋的鬼差給擋住了。

「事情經過我都知道了！」銘鈺不肯放棄，大聲喊著：「是我的錯！對不起！對不起！」

家瑜卻連頭都沒有回，愣愣地跟著人龍向前走。

孟婆站在後面，搖搖頭道：「沒用了，那女人跟千年前的你一樣，把一整碗的孟婆湯都喝光了。」

銘鈺聽了跪倒在地上，痛苦哀嚎。

「嗚啊——！」

銘鈺悔恨不已，責怪著自己為什麼不知道珍惜，為什麼不給她多一點時間解釋。可是家瑜都喝下那碗孟婆湯了，說什麼都為時已晚。

「不行！」銘鈺猛然抬起頭來：「我一定要跟她解釋清楚！」

銘鈺看了看橋上逐漸遠去的家瑜，又看了看黃泉，考慮了一會兒後，下定決心似地朝著黃泉走去。

孟婆見狀，大聲斥責：「你們兩個把黃泉當成什麼地方了！你以為你們有多少個千年可以這樣玩！」

銘鈺哭喪著臉，頻頻鞠躬道歉：「對不起，真的很抱歉，不過我一定要跟家瑜解釋清楚。」

孟婆懶得多說，像這種執迷不悔的靈魂，不挨點痛是不會罷休的。孟婆揮了揮手，要他自己過去。

銘鈺一鼓作氣衝到了黃泉邊，正想要跳下去，突然覺得有點不對勁，在黃泉邊緊急停了下來。似乎有個遠古的回憶提醒著自己，這樣做的話會很不妙。

銘鈺猶豫了一會，在黃泉邊蹲了下來，看著不斷翻滾的黃泉。

銘鈺考慮了一下，然後伸出了右手食指，緩緩將它放入黃泉之中。

想不到手指才剛觸碰到黃泉，一股強烈又難以忍受的痛楚像咬著自己神經的螞蟻般，直竄腦門。

「嗚——喔——哇——」

不過只是一根手指，就讓銘鈺飆出淚來。

銘鈺立刻把手指拔出來，只見剛剛伸入黃泉的部分，只剩下骨頭而已。

「我的媽呀！怎麼會這麼痛？這真的也太過分的痛了吧！誰受得了啊！」

這個問題銘鈺當然也有答案，他仰起頭來，淚眼汪汪地看著孟婆問道：「家瑜真的承受這種疼痛長達千年之久嗎？」

孟婆不屑地點了點頭。

「竟然會那麼痛！」銘鈺看著自己肉幾乎都快要被削光的手指，面紅耳赤地叫道：「這連一分鐘都熬不下去吧！」

銘鈺淚眼看著橋上的家瑜，又看了看自己的手指，十分為難。

「痛就喝吧。」孟婆招呼一個童子捧湯過來：「不用那麼逞強，沒有人會嘲笑你的。」

銘鈺看著童子手上的湯，有點猶豫，但是旋即轉過頭去。

「呼——呼——呼——呼，」銘鈺大口大口喘著氣，調節著自己的呼吸：「家瑜可以為我忍受這一切，這次換我為她承受千年之痛了！」

遠處，家瑜的臉孔浮現在銘鈺的眼中，剎那間銘鈺了解到原來在這千年之中，痛楚還不只是唯一的痛苦。真正的痛苦是必須在千年之中，看著自己心愛的人，一次又一次、一次又一次，選擇忘卻自己踏上新的旅程。

但是這又能怪誰呢？畢竟是自己種下的因，自從知道飲下的毒藥，是家瑜烹煮的，自己就不給家瑜任何機會解釋。就像任凡說的那樣，自己從來都沒有給她機會，自以為是的認為她想要當王妃，才會狠心殺害自己。想不到自己連摯愛都無法相信，還枉費了她承受千年之痛，委託任凡恢復了自己的記憶，自己竟然一次機會都不給她。

如果不渡過這條黃泉，我還算男人嗎？

銘鈺不再猶豫，下定決心不管付出多大的代價，也一定要當面對她說那些沒有辦法告訴她的話。

「我要下囉！」銘鈺像是在說服自己般對著黃泉大喊：「我真的要下去囉！」

「是怎樣？」孟婆在旁不耐煩地問道：「是希望我拉你嗎？」

「沒！誰都拉不住我！」銘鈺雙手握拳。

銘鈺對著橋上的家瑜大喊：「妳等我！這次換我了！我一定會熬過千年！找到黃泉委託人，幫妳回復記憶的！等我！」

孟婆挑眉問道：「那臭小子活得了那麼久嗎？」

銘鈺搓了搓手，對著黃泉一聲喝道：「好！」

眾人見狀，開始有人出聲幫銘鈺加油吆喝助陣，原本死氣沉沉的人龍頓時活力四射。

在眾人的慫恿與吆喝之下，銘鈺深呼吸幾口氣、咬緊牙關，將腳重新踏入黃泉之中。

「喔——喔——啊——」

銘鈺的哀嚎與岸邊的吆喝成為一場緊張的交響樂，在地獄的盡頭黃泉邊演奏了起來，一直到銘鈺的哀嚎聲被黃泉淹沒為止。

「戲看完沒？」孟婆沒好氣地叫道：「你們不想投胎啦？還有沒有人要下去的，要就趕快一次一起下去，沒有的話，趕快給我去排好隊！」

銘鈺會不會成功？孟婆並不知道，反正千年之後就可以知道結果，也不需要特別去猜。孟婆看了黃泉，無奈地搖了搖頭。

銘鈺消失在黃泉之中，滾滾的黃泉宛如孟婆湯般吞噬了一切，但是不管兩者的效力有多大，總有些故事可以橫跨生死，擺渡千年，一直流傳下去。

番外・憐與碧

第1章·弄巧成拙

1

一陣響亮的門鈴聲，將任凡從睡夢中驚醒。

任凡眨了眨眼，看了一下窗外，似乎已經是深夜時分。

確實是時候該起床了……

任凡這麼告訴自己，撐起仍然有點疲勞的身軀，從床上坐了起來。

這時門鈴聲再次響起，任凡抬起頭來，看著大門旁邊的那個小燈泡。

任凡在大門外裝設了感應器，就是那種只要有人經過就會亮起來的燈，本來是為了節省電力的設計，被任凡拿來應用，將感應器設在外面，如果來按門鈴的人是人，在大門邊的燈泡就會亮起來，但是只要燈泡不亮，代表上門拜訪的訪客不是感應器可以感應到的「活人」。

就像這時電鈴響起但是感應燈泡沒有亮，就代表來的是鬼不是人，因此任凡知道來的多半是要前來委託的客人。

在這間公寓的大門上面，任凡拿白蠟燭在門上寫著「嚴禁私闖穿門、請按門鈴」的字樣。

因為蠟在門上的痕跡並不明顯，因此一般路過的人不太看得見，任凡寫這些字，當然不是為了給那些「人」看的，而是特別寫給那些登門拜訪的鬼魂們看的。

之所以會留下這些字就是希望那些上門想要委託的鬼魂們，可以按了門鈴之後再進來，維持一點應有的規矩。

畢竟這裡不只是黃泉委託人的辦公室，更是任凡平常睡覺與生活的地方，由於是間小套房，所以基本上也沒什麼隔間，從臥房過去一個小客廳，就是平常任凡接見客人的地方。

雖然沒有隔間，不過在靠近臥房的地方，任凡還是牽了一條朱紅索，除了當作隔間之外，也算是一點安全措施，畢竟不是所有鬼魂都會照著規矩來。

他一點也不想要醒來的時候，看到有個鬼魂就站在自己的身邊，盯著自己睡覺的模樣，甚至趁自己睡覺的時候偷襲自己。

這條朱紅索可以阻擋大部分的鬼魂，而且就算力量夠大的鬼魂，想要通過這條朱紅索，也需要付出相當的代價，至少絕對足以驚醒自己，因此掛上這條朱紅索，也算是一點安全措施。

任凡眨眨眼、甩甩頭，讓自己清醒一點，站起身來伸了個懶腰之後，跨過朱紅索，對著門懶洋洋地說了聲：「進來。」

過了一會之後，一個鬼魂穿過門，進到屋子裡面來。

那鬼魂外表看起來像是一個中年婦人，從服裝穿著這部分看起來，死亡的時間並不算太長，不過比起外貌來說，任凡比較注重的還是這個靈魂所散發出來的顏色，是一股淡淡的藍色。

藍色代表著是羈絆，這顯然意味著這位中年婦人還有掛念的人在人世間，而就是因為這種掛念，讓鬼魂們無法放手，乖乖回到輪迴的路上。

對任凡來說，這種鬼魂的委託常常都很麻煩、囉嗦，但是跟紅靈比起來，又算得了什麼呢？

那婦人一臉緊張，穿過門到了屋內之後，四處打量了一下，不過因為房間並不大，所以一眼就可以看完了，最後婦人的目光停留在任凡身後的那面牆壁上。

當然，這是任凡最希望的，他希望每個從門口飄進來的鬼魂們在開口之前，都可以先看到牆壁上的那些字。

因此就連接待這些鬼魂的客廳，也經過精心設計，任凡現在也是坐在平常坐的位置，就在那些字條的中央下，因此任何鬼魂只要看著任凡要開口，沒人可以忽略那些字條。

之所以會這麼希望所有鬼魂在開口之前就看過這些字條，最主要的原因就是因為只要有任何違反這些字條上面所寫的東西，基本上除了少數特定的例子之外任凡都會回絕這些委託。

為了避免尷尬，有些時候甚至有鬼魂連口都還沒開，光看到這些原則就已經自己自動離開了，免去許多不必要的尷尬與麻煩。

當然這面牆壁上的，就是黃泉委託人的五大不接原則：

一、沒有酬勞或利益的工作不接

二、牽扯到雙鬼之間恩怨的工作不接

三、抓替身、找替死鬼的工作不接

四、會因此惹禍上身的工作不接

五、會破壞天理循環、傷風敗俗的工作不接

任凡靜靜地等著中年婦人讀完，然後看著她的表情，從她的表情看來，似乎其中有一條可能有點違背的感覺。

「哪一條有問題？」任凡問。

因為從婦人的視線看起來，似乎不是第四就是第五條，不過這兩條的嚴格程度有著天壤之別，因此任凡問了婦人，想要知道到底是第四還是第五條讓她感覺到困擾。

「那個惹禍上身……」中年婦人膽怯地說。

「那我會判斷，其他條呢？還有疑慮嗎？如果除了第四條之外，沒有其他疑慮的話……」任凡臉上露出了一抹親切的微笑：「那麼妳可以把妳的委託說出來聽聽。」

中年婦人猶豫了一會之後，緩緩地道出自己的狀況。

「我姓謝，叫我謝媽媽就可以了。」謝媽媽說：「事情是這樣的，我大概在五、六年前發生了意外來到了這個世界，不過因為實在放心不下我的獨子，所以一直沒有去自己應該去的地方。」

這點光是從靈體的顏色，任凡就已經大概猜到了。

「我這幾年一直跟著他，」謝媽媽接著說：「一路看著他找到新工作，一直到他娶到了個妻子。」

說到這裡，謝媽媽的臉上浮現出欣慰的表情。

「最近，」謝媽媽繼續說：「他跟老婆……也就是我的媳婦，辛苦工作存了點錢，打算買個房子，因為存款不多，他又希望買比較大一點的房子，所以……」

任凡挑眉，心中有了一點不祥的預感。

「所以他看中一間閒置多年的房子，」謝媽媽尷尬地說：「價格也因為一些原因，比周遭還要便宜一半，他禁不起這個誘惑，就把這個房子買了下來……」

任凡無奈地搖搖頭，果然跟他想的一樣。

「只是他不知道的是，」謝媽媽哭喪著臉說：「那個房子已經有兩個很凶的鬼魂住在那邊，也是這個因素，才會讓房子閒置多年，許多想去住的人，最後都被嚇著逃出來。」

當然不用謝媽媽說，任凡也知道那兩個很凶的鬼魂，就是所謂的黑靈，不過情況卻有點特殊，吸引了任凡的注意。

「兩個？」任凡臉上略顯疑惑。

畢竟像黑靈這種兇狠的鬼魂，一般來說只會有一個，就算真的出現另外一個，在一山不容二虎的情況之下，雙方也會有場惡鬥，最後終究會只剩下一個。

「是的，」謝媽媽一臉憂愁：「兩個，而且那間房子在附近挺有名的，大家都知道那裡過去發生過的慘案，那兩個鬼魂好像都是在那邊往生的，所以一直在那邊。」

當然實際上到底為什麼，恐怕連謝媽媽也不是很清楚，因此任凡現在應該考慮的不是這個問題，而是關於不接原則之中的第一條。

正所謂富貴險中求，扯到黑靈的案子，因為危險性高，而且處理起來很麻煩，所以任凡這邊的價碼也很高。畢竟處理黑靈常常需要調度一些人馬，請人幫忙的情況之下，謝禮總是不可少，因此成本也比較高。

剛剛謝媽媽才說過，因為他們預算不高，才會買到這樣的房子，因此任凡很擔心，謝媽媽根本就沒有辦法達成第一條。

「在我們繼續談下去之前，」任凡說：「我可能需要妳先告訴我，關於第一條，酬勞的方面……」

謝媽媽聽了二話不說，從身後掏出了一包東西，在任凡的桌上打了開來。裡面不誇張，真的就是所謂的金銀珠寶。

「這些是我當年出嫁時的嫁妝還有一些我這些年的積蓄，」謝媽媽臉上掛著一抹淡淡的笑說：「那個傻孩子在我往生之後，就把這些全部都放到我的骨灰罈裡面，跟我一起下葬。」

說到後來，謝媽媽雙眼不禁流下眼淚。

「妳不覺得這些妳交給妳兒子，」任凡淡淡地說：「然後託夢給他要他換個新家，會比較實在一點嗎？」

「託夢我已經做過了，」謝媽媽慘然一笑：「但是那孩子……其實……挺鐵齒的，即便我好不容易找到機會，現身在他面前，他也不相信，第二天還跑去看精神科……」

聽到這裡，任凡也無言了，確實在這個世界上，有些人即便見了棺材也不會掉淚。

「而且，」謝媽媽說：「那孩子從小就很節儉，因為我們是單親家庭，看我一個人持家很辛苦，那孩子從小就很懂事，會幫我分擔，所以養成了這個性格。既然房子已經買了……我看就算把這些東西給他，他也還是會搬進去住。」

聽到這裡任凡就明白了，既然是鐵齒又貪圖房子便宜，相信就算給他這筆錢，真的讓他拿去賣換成現金，多半也不會乖乖拿去買房，因為對一個鐵齒的人來說，那間房子就是便宜到有點像是撿到寶，怎麼會放棄呢？

看著桌上滿滿的金銀珠寶，變換成現金的話，至少有一筆為數不小的金額，雖然不見得可以買房，不過至少可以不用去買間價格對半砍的凶宅吧？

真是可惜了。

不過黑靈啊……

雖然說任凡其實已經不太想要碰黑靈的案子了，畢竟處理起來每次都一定得要動手，還需要四處欠人家人情。

現在已經不比過往，乾媽撚婆的年事已高，如果可以的話，任凡實在不想麻煩她老人家。不過面對這位謝媽媽所拿出來的這筆跟現金沒有兩樣的金銀珠寶，任凡的確很動搖。

畢竟最近任凡真的挺缺錢的，理由其實也很簡單。

任凡擔任黃泉委託人至今已經多年，生意已經開始越來越穩固，而且有越來越旺的跡象，畢竟這是一個藍海的生意，全台灣……不，說不定全世界也不過就這麼一個黃泉委託人，只要名聲傳出去，生意興隆是可以料想得到的結果。

也正因為這樣，現在這個辦公室兼住所，實在不是個很理想的地方。

首先就是地方太小，雖然是郊區，不過密集的住宅與公寓，到處都是人，在這種情況之下，其實這些鬼魂來找任凡，有許多意想不到的麻煩。

像是幾次生意比較好的時候，就有一些鬼魂不乖乖排隊，在任凡住所外的那條比較陰的轉角聚集，導致那邊已經有許多人夜歸撞鬼，弄得人心惶惶。

不久前里長為了安定民心，還特別請人做了一場為時三天的法事，結果變成任凡這邊沒有鬼魂上門，足足有一個月的時間接不到半筆生意。

因此任凡早就想要換個適合的場所，剛好前陣子處理了一個案子之後，得到了一座廢棄的住宅用地，那塊同樣位於郊區的空地，因為產權的問題，導致施工到一半就停工了，雙方從生前爭到死後，一路吵到了黃泉委託人的面前，當時因為雙方都承諾，只要能夠解決這起紛爭，就願意把產權讓給任凡，因此任凡才會接下那起委託，在解決了之後，任凡也確實得到了那塊地，在那之後就一直想要搬到那邊去。

原因非常簡單，那邊雖然佔地不算很大，不過也是蓋了兩棟大樓的用地，因此面積來說絕對比現在的要大上好幾倍。再來就是由於荒廢已久，附近雖然有住宅，不過仍有一段距離，應該不至於會有鄰居的問題。最後就是因為那塊地是俗稱的陰地，附近的大樓又遮蔽了大部分的陽光，非常適合鬼魂在那邊逗留。

綜合以上的因素，任凡早就打定主意要搬到那邊去，現在就是需要一筆錢可以稍微整頓一下，至少也需要打理出一個人可以生活的空間。

如果任凡處理好這個案子，那麼這筆錢就有著落了，搬到那裡去之後，肯定會比現在還要更好，黃泉委託人的生意想必也會一飛衝天。

所以在經過了考量之後，任凡最後接下了謝媽媽的委託。

只是任凡想不到的是，這個委託竟然會成為改變他一生一個最重要的委託。

2

一旦扯到了黑靈，就沒有什麼好解決的案子。

雖然在開始的時後，任凡曾經考慮過跳過這些案子，不過當時因為黃泉委託人還在起步的階段，這也不接、那也不接的狀況之下，可能連自己都養不活。

不過在經過這幾年之後，現在其實任凡的案子還算穩定，的確是可以考慮一下不接類似這樣危險度過高的委託了，不過這一切還是得要等解決這次的案件過了之後再說。

在接下了謝媽媽的委託之後，第二天任凡四處張羅了一些東西，然後開著車，往熟悉的山路而去。

面對這種需要跟黑靈打交道的案子，不管任何時期的任凡，雖然處理的方式不盡相同，不過都有一定的 SOP。

像現在這種案子，當然第一件事情就是上山去拜訪一下，那位已經號稱退隱江湖的前道士，也就是任凡的乾媽撚婆。

一聽到車子靠近並且停在屋子前面熄火的聲音，屋子裡面立刻傳來那洪亮的罵聲。

「臭小子！」

果然過一會之後，撚婆從房子裡面跑了出來，原本還想要不管三七二十一先唸個一頓再說的撚婆，突然看到了任凡下車的樣子，頓時呆住了。

「怎麼會……只有你一個人呢？」撚婆踮起腳尖看了一下車子裡面：「那個一直叼著你的傢

伙咧？」

撚婆說的正是那個叼住任凡右手三年，死都不肯放的那個鬼魂，不過在不久前任凡剛好在一個因緣際會之下，解決了他的委託，因此那個鬼魂已經離開了，只是撚婆卻完全不知道。

「咦？我沒有說過嗎？」任凡裝蒜地說：「對，我擺脫他啦。」

撚婆沉下了臉，想不到這麼重要的事情，這臭小子竟然沒有特別上來跟自己說，因此有點不爽。

「噹啷，」任凡對撚婆比出了右手中指：「看，現在我的中指自由了！」

撚婆瞇著眼，看著任凡的中指緩緩地說：「看起來你是皮在癢，竟然對我比中指。」

「不是！沒有這個意思！」任凡將手收回來說：「只是要給乾媽妳看看而已，妳不知道被那傢伙叼著那麼多年，手指早就爛掉了。他放開我手指的時候我看了自己也嚇到，整隻手指爛到不堪入目，只是爛歸爛，卻爛得很怪，就是爛得很模糊，總之那是一個很難形容的狀況。」

「我剛剛看好好的啊。」撚婆一臉聽你在吹牛的表情，不過剛剛任凡比中指的時候，撚婆確實注意到有點不太對勁的地方。

「唉唷，」任凡說：「因為我話還沒說完啊，小孩子說話大人不要插嘴啦，看到我的中指變成這樣，我當然火啦，這可是代表著不分陰陽國界最重要的肢體語言的器官耶！」

撚婆白了任凡一眼。

「結果看我火大，那傢伙也覺得理虧，」任凡得意地說：「你知道那傢伙生前是『那間廟』的住持吧？於是他就到廟裡面，把鎮廟之寶……說什麼有靈體附在上面的舍利子拿出來說要幫我補。我想說我就已經爛成這樣了，你還拿個死屍變成的東西給我，是想要看看我的手指可以爛到什麼程度嗎？不過他再三保證可行，我抱著死馬當活馬醫的精神，就給他試試看了，想不到還真的可以。」

任凡又再度比出右手的中指叫道：

「乾媽妳看，跟新的一樣。」

眼看任凡又把中指伸到自己面前，撚婆張嘴就咬過去，上次發生類似這樣事情時，任凡沒注意一被對方叼住，一叼就是多年，自此之後伸出中指就要特別注意對方的嘴，已經成了任凡的一種習慣了，眼看撚婆一張嘴，反應極快立刻把手收回來。

「哇靠！」任凡嚷嚷：「你們上了年紀的人是怎樣！是看到中指就想咬啊！」

「你就不能乖乖伸出整隻手嗎？」撚婆罵道：「我是沒讀過書喔？伸整隻手出來我會找不到中指嗎？」

任凡聽了才一臉不甘願地把右手伸出來。

仔細看了一下任凡的中指，確實有點不太尋常的地方，倒也不是說顏色有點詭異，反而應該說看起來就有點模糊，即便補好之後，看起來還是有些地方有點糊糊的感覺，遠距離或者任凡動作的時候完全看不出來，可能需要像現在一樣任凡將手伸到面前，然後靜止不動才看得出一點糊糊的痕跡。

「你這中指，好像不太一樣……」

撚婆當了一輩子的法師，除了天生靈力過人之外，修行也不在話下，一眼就知道任凡的這根中指有點名堂。

瞇著眼睛打量了一陣子之後，抬起頭來對任凡說：「你先去後山那邊，隨便找一個鬼魂過來。」

在任凡的命格逐漸成形之後，為了不影響其他人，撚婆就帶著任凡來到這個前不著村、後不著店的地方離世而居，從小就看得到的鬼魂，自然跟一群盤踞在後山的鬼魂成為了朋友，任凡最好的朋友阿康也是那一群鬼魂中的一個。

任凡聽了撚婆的話之後，到後山去找了一個鬼朋友來。

「好，」撚婆用下巴努了努鬼魂說：「用你的中指戳他。」

「啊？」任凡一臉疑惑。

用中指問候人家老母有聽過，用中指戳鬼是哪招？

雖然有點狐疑，不過任凡還是靠過去，準備照著撚婆說的做。

正準備戳下去，一旁的撚婆突然叫道：

「耶……等等，他叫什麼名字，八字留一下。」

「啊？」任凡更疑惑了。

不過因為住在這方圓百里的鬼魂自然都知道撚婆這號人物，當然也知道她法力高強，因此只要是鬼魂，沒有人敢忤逆她，因此聽到撚婆這麼說，被任凡找來的鬼魂還是乖乖地把名字跟生辰八字給了撚婆，撚婆掏出紙筆將它記下來。

「好了，你可以戳了，」撚婆一邊說一邊把紙收到口袋裡：「這個就留著招魂用……」

聽到撚婆這麼說，任凡跟那鬼魂面面相覷，不過還是照著撚婆說的做。

「我要來囉，」任凡對那鬼魂比出了中指：「準備好了嗎？」

那鬼魂哭喪著一張臉，抿著嘴緩緩地點了點頭。

任凡深呼吸一口氣，然後中指朝那鬼魂的胸口一戳，那鬼魂二話不說，立刻反彈到森林之中。

完全想不到自己的中指竟然這麼有威力，愣了一會的任凡，才聽到遠處似乎有鬼魂的哀嚎聲。

從聲音聽起來，那鬼魂至少被戳飛了幾百公尺遠。

「這也太帥了！」任凡興奮地叫道：「想不到我的中指……」

結果話還沒說完，任凡就看到自己的中指，又回到先前那潰爛的模樣。

「爛了！爛了，我的中指又爛了！」

「嗯，」撚婆點了點頭說：「放心，應該放著久了就會回復了。」

「啊？」

撚婆稍微跟任凡解釋了一下，他中指的狀況，由於那個靈體的關係，不但補好了任凡的傷，也同時讓任凡的中指對這些鬼魂有一定的效力，只是當這個效力發動之後，靈體會因為失去威力的關係，讓手指又回到潰爛的狀況。不過隨著時間過去，靈體的力量回復了之後，中指就會回復原狀。

當然，這個有點威力又不是很耐用的中指，最後也成為了任凡相當重要的武器之一，只是這一點，任凡現在還不知道而已。

就在任凡還在為自己的中指苦惱的時候，撚婆突然想到了。

「對了，」撚婆說：「你找乾媽有事嗎？」

畢竟剛剛中指的事情，是撚婆提了任凡才想到的，所以任凡肯定不是為了這件事情上山的。

被撚婆這麼一問，任凡才想起今天來的目的。

「沒有，」任凡臉上浮現出一抹詭異的笑容：「怎麼做兒子的回來看看媽媽，也需要特別有事嗎？」

看著任凡的臉，撚婆瞇著眼，冷冷地說：「有帶東西來嗎？」

「有，當然有。」任凡笑著說。

光是看任凡這樣子，撚婆也猜得到是什麼事情了。

「……黑靈的話就免談。」撚婆冷冷地說。

「耶？別這麼絕情嘛，乾媽。」

「你是中文不好嗎？你聽不懂什麼叫退休嗎？」

「退休也是會手癢啊，乾媽妳渾身都是法術，這樣閒閒沒事幹，不會覺得暴殄天物嗎？」

撚婆不想回應，轉過身去。

「別人退休三不五時打打麻將，妳比較特別，退休偶爾打個鬼嘛，這樣比較不會老人癡呆。」

任凡說話的期間，撚婆已經朝屋子走了。

「別這樣嘛，乾媽。」任凡追進屋子裡：「我剛剛才被妳弄到中指潰爛耶。」

當然，求到了最後，撚婆還是答應了任凡出馬。

只是就連任凡都想不到，這一次竟然會是他們母子倆像這樣聯手的最後一次出擊。

3

由於聽謝媽媽說，那兩個鬼魂在那邊已經很長一段時間了，但是實際情況如何謝媽媽並不清楚，因此在兩人前往之前，先到附近的廟宇去打聽一下。

任凡跟撚婆兩人坐在椅子上，聽著附近的廟公講述著關於那間凶宅的過往。

畢竟知己知彼、百戰百勝，要動手前也應該先聽聽看對方的來歷。

「大約是二十年前的事情吧，」對於那間凶宅頗為熟悉的廟公說：「發生了一起兇殺案，就是一個變態把兩個女大生綁來，然後殘忍殺害的那起案件。」

雖然廟公這麼說，不過這案件發生的時候任凡根本還沒出生，因此完全沒有聽聞，至於另一邊的撚婆可能也因為住在道觀裡面，所以比較不問世事，所以兩人對於這起案件，完全沒有印象。

「一開始是一對女大生被人發現陳屍在泥濘的樹林中，」廟公說：「後來警方循線找到了兇手，不過那片樹林只是棄屍的現場，不是他們說的什麼……現場還是什麼的，就是殺她們的地方啦。」

撚婆皺起了眉頭。

「兇手是在那間房子裡面先將她們殺害，」廟公用手指著公寓的方向說：「然後才把她們載到那裡棄屍，這房子也是當年那個兇手住的地方。」

當然簡單來說，那間公寓就是命案現場，經過了二十多年後，那起命案逐漸讓人遺忘，只是凶宅的稱號一直跟著這間房子。

拜這個稱號所賜，那裡一直都荒廢著，價格想當然也是維持在一個低點。

因此，謝媽媽的兒子才會想要撿便宜，買這樣的凶宅。

即便這裡鬧鬼的傳聞不斷，也沒辦法阻止一個鐵齒的人。

雖然說屋主曾經試圖找幾個法師來做幾場法事，希望可以平息兩人的怨恨，就連這個講述的廟公也曾經被找去幫忙，最後卻都失敗收場。

後來最後一個去的師父說，兩人的怨氣太重，可能需要時間來沖淡一點。

屋主聽了法師的話，這一放就是十多年，後來大家可能也逐漸淡忘了，因此就一直拖到今天。

在聽完廟公的解釋之後，撚婆跟任凡便來到了附近那間凶宅。

當然撚婆跟任凡一起前往凶宅去對付那兩個堪稱史上最恐怖的鬼魂，也透過了廟公傳了出去。撚婆與任凡一起巡迴台灣，到處對付怨靈的傳奇故事，也在這一次的出擊之中，畫下了句點。

在從廟公那邊得知過往發生的事情之後，撚婆與任凡來到了那間公寓。

站在公寓門外，撚婆沉重地嘆了口氣。

捧著從廟公那邊討來的罈子，撚婆打從一開始就不打算消滅兩人，所以特別討來這個罈子，如果真的不得不動手，撚婆也頂多就是把兩人封在罈子裡，不會下重手，然後找個道行比較高的廟宇，好好渡化兩人。

畢竟兩人生前的遭遇，實在是太讓人心碎了。

然而，這並不是撚婆第一次遇到這樣的情況，然而即便再怎麼同情這兩位女大生，每個人都有屬於自己的歸途，賴在人世間並不是一個好方法，尤其是像她們這樣的作為，只會徒增自己的罪孽而已。

現在，就只能祈禱一切順利，不要起任何爭議，讓這起事件落幕。

不過就連撚婆自己都知道，這可以說是一件不可能的事情。

「好吧，那就讓我們會會她們倆吧。」

撚婆說完之後，用謝太太從她兒子那邊拿來的鑰匙，將公寓的門打了開來。

稍微看了一下格局，由於等等房子裡面很有可能淪為戰場，地方比較小，可能不適合兩個人一起跟對方對抗，所以撚婆讓任凡待在門外，剛好格局來說，撚婆開壇的客廳，就緊鄰著門口，任凡用的是彈弓，站在門口除了靠近門邊的死角之外，幾乎所有客廳都在他的射程範圍裡面，就支援來說，絕對沒有問題。

分配好工作之後，撚婆立刻開壇作法，畢竟現在是大中午的時分，屬於陽盛陰衰的時刻，對於撚婆與任凡這邊比較有利。

在撚婆至今的人生之中，類似這樣開壇已經不知道多少次了，不過這一次撚婆在開壇的時候卻有個感覺，這很可能會是自己最後一次這樣開壇來對抗惡靈吧？

不只因為體力的關係，讓撚婆連開個壇都覺得有點累，心中還有一些不安。

為什麼會感覺到如此不安呢？撚婆自問。

當然，兩個黑靈聯手過去也算少見，不過在跟武則天對決後，撚婆也認為應該不會有任何凶靈會比武則天那次還要凶險了才對，既然如此，為何還會如此不安呢？

對此，撚婆沒有多高明的解釋，只能告訴自己，真的老了。

雖然在跟武則天對決之後，自己就告訴任凡要退休了，可是不管是自己還是任凡，似乎都沒有真正把這件事情放在心上。

或許，現在真的是時候了。

撚婆用打火機將火點燃壇上的火燭，這壇就算開了。

就把這一次，當成人生的最後一次吧！

開壇的同時，撚婆這麼告訴自己。

任凡站在門口，手上握著彈弓，雙眼緊緊盯著屋內的一切，看到撚婆上燭火，就知道開壇了。

現在就來看看這兩個黑靈到底有多凶吧。

壇一開就是等於宣戰了，現在就等那兩個女鬼現形，或者是等撚婆把她們打出來。

任凡張大雙眼，現在哪怕是一隻昆蟲飛過，都可能惹到任凡的彈丸，只要有一點動靜，任凡就會立刻出手。

房內客廳，一切就宛如暴風雨前的寧靜。

就在這個時候，屋頂突然竄出一個身影。

「上面！」任凡叫道的同時，手上的彈弓已經射出去。

任凡快，那個竄出來的身影更快，只見彈丸射過來，那身影又立刻遁入天花板中，任凡的彈丸射在天花板上，沒能射中對手。

而就在那個天花板的身影收回去的同時，另外一個身影，從另外一側的牆壁中竄了出來。

這次換撚婆用力拍了一下桌子，桌子上攤著的香灰立刻揚了起來，撚婆掐指一彈，一道香灰箭立刻射了出去。

只是另外一個身影的速度也很快，也立刻縮了回去。

雖然可以看得出來，兩個黑靈目前就是在試探兩人，不過這種跟打地鼠一樣的把戲，對撚婆來說，實在是太小意思了。

「來這套。」撚婆啐道。

撚婆抓了一把香灰，手一轉將香灰向空中一撒，空間立刻瀰漫一股香灰塵霧，接著撚婆伸出一根手指，在塵霧之中轉了轉，香灰也跟著盤旋了起來。

由於使用香灰當作法器，不論古今中外就只有撚婆這麼一個人，因此不管什麼招式用起來，對沒有跟撚婆對壘過的鬼魂來說，幾乎都沒辦法了解到撚婆每個招式的功用，這讓撚婆常常佔了很大的優勢。

果然即便撚婆已經用了這一手，那兩個黑靈還是繼續玩著打地鼠的遊戲，其中一個身影頭才剛探出牆壁，那盤旋在撚婆上空的香灰立刻有了反應，朝那身影射過去，瞬間就刺中了那個黑靈，另外一個緊接著也探頭，同樣也被香灰捕捉住，刺個正著。

刺中兩人之後，撚婆將手向下一擺，將兩個黑靈從牆壁中一起扯了出來。

這下兩人終於現形了，只見兩團完全看不出性別的黑人影，緩緩地從地板上站了起來。

這是黑靈常見的一種面貌，由於渾身都是怨恨所匯集的黑氣，因此展現出來的模樣也不是兩人生前的模樣，而是一團黑氣所構成的人形。

雖然說香灰盤空這招在捕捉鬼魂方面有優越的表現，幾乎沒有多少鬼魂可以逃得出這招，可是威力相當弱，不要說黑靈了，就連白靈都不見得會受傷。

所以雖然把對方逼了出來，但是真正的戰鬥現在才要開始，剛剛的那些不過就只是暖身而已。

不過被逼出來的兩人，非常不悅，因此同時撲向了撚婆。

當然撚婆這邊也早就做好了準備，撒出香灰開始迎戰。

雖然撚婆撒下的香灰塵霧對鬼魂來說，有很大的殺傷力，不過兩個女鬼完全不畏懼，衝進霧中打算跟撚婆速戰速決。

不過在霧裡面，終究還是撚婆佔了上風，這點就算是當時的武則天，也沒辦法改變。

因此兩個女鬼撐不了多久，紛紛退到霧外，當然一退出來，就立刻被任凡的彈丸給瞄準，沒幾下又被打到霧裡面去。

一時之間，任凡跟撚婆的搭檔，很明顯佔了些許上風，只見兩個女鬼進也不是、退也不是，一直進進出出霧內外。

然而兩個女鬼雖然略居下風，但是動作卻很敏捷，而且恢復的速度很快，兩人逃出香灰塵霧只需要短短幾秒的時間，就可以重新凝聚身上的黑氣，繼續衝進去跟撚婆對打。

因此即便佔了上風，但是撚婆跟任凡一時之間還是沒能給予兩人致命的一擊。

這樣的惡鬥才開始短短不到幾分鐘，局面就有了點改變，只見兩個女鬼似乎抓到了任凡與撚婆之間合作的節奏，一個人鑽到霧裡面去的同時，另外一個就退出來。

任凡發現這一點，當然也了解到，可以看得出來這兩個女鬼確實默契很好，這也難怪兩人會在這裡扎根多年，沒被人收服鎮壓過。

任凡發現了，當然在霧中跟兩人交手的撚婆也發現了。

不過撚婆比任凡的認知還要更多了一層，畢竟跟兩人短兵相接的人是撚婆，因此了解也更為深刻。

在交手的過程之中，撚婆了解到這兩個黑靈，不是聯手，而是共生，這種情況就連撚婆也不常遇到。畢竟魂體共生不是正常現象，只有在少數的狀況之下，才會發生這樣的情況。

當然撚婆不知道的是，當初兇手行兇的時候，兩人是同一時刻斷氣，加上又是同一個兇手所殺，死後的大體甚至被堆疊在一起棄屍，因此兩人濃濃的恨意也交纏在一起，才形成了共生的狀況。

因此根本就沒有所謂的默契問題，而是兩人基本上可以說就像一個人一樣，協調性就跟手腳一樣好，實際上展現出來的就是那絕佳的反應速度，兩人面對不利的場面，也可以立刻將戰局扳回來。

相反地，撚婆與任凡雖然暫居上風，隨著時間過去，卻會變得越來越不利，因此如果時間一久還不能給予兩人決定性的打擊，最終會敗北的終究還是任凡與撚婆。

尤其是現在兩人的適應力，一進一出已經完全抓住了撚婆與任凡的節奏，因此撚婆知道這樣下去肯定會很糟糕。

於是，撚婆把其中一個女鬼逼出去，趁著另外一人補進來的同時，先吐了口口水在手上，然後雙手互搓了一下，接著把補進來的女鬼再打出去，立刻伸手朝神桌上的香灰一抹，沾有口水的手掌，立刻沾滿了香灰。

撚婆無視那個補進來的鬼魂，整個人朝後面一退，退出了香灰塵霧，一掌便打向那個逃出來的女鬼後背。

那個逃出來的女鬼，因為在注意任凡這個方向，完全沒料到撚婆會追出來，後背被撚婆一掌擊中，甚至整個打穿了她的胸膛。

女鬼悶哼了一聲之後，立刻整個人炸開、灰飛煙滅。

剛衝入霧塵中的女鬼一感覺到自己的另外一半被消滅，立刻衝出來，但是撚婆也早就算好這一步，女鬼才剛衝出塵霧之中，立刻迎面被撚婆一掌給擊中，同樣落得灰飛煙滅的下場。

看到撚婆又一次勝利的出擊，讓門外的任凡發出了歡呼的聲音。

就這樣？

雖然過程有點受挫，不過整體來說還是讓撚婆覺得太簡單了一點，不禁開始懷疑了起來。

下一秒鐘，撚婆突然覺得不對勁，但是又說不出哪裡不對勁。

看了看四周，撚婆知道事情可能還沒完。

撚婆走回神壇旁邊，雙目掃視著客廳每一個角落。

雖然看起來一切都恢復了正常，不過心中那一開始就存在的不安，這時正逐漸在擴大。

就在這個時候，恐怖的景象浮現在撚婆的眼前，證實了她的想法並沒有錯。

牆壁四周，到處都浮現出宛如一張又一張黑色的臉，這種現象即便已經闖蕩多年的撚婆也瞪大了眼。

強大的怨念，正逐漸包圍著這個房子，牆壁上不斷冒出來的黑氣，轉眼之間，就將整間客廳籠罩住。

即便成了黑靈，每個黑靈的狀況都不太一樣，強弱自然也有所差別。

有些黑靈外強中乾，這種情況多半會讓那個黑靈看起來就像剛剛那兩個女鬼一樣，被黑氣所籠罩著，沒有露出自身的真實面目。

過去在花東縱谷，撚婆跟任凡就遇到過一個，鬼魂的形體大概有兩百五十公分高，壯碩無比，結果一交手三兩下就被撚婆打成原形，真面目竟然是一個個頭跟撚婆一樣嬌小的男鬼。之所以會靠形體來嚇人，多半就是因為外強中乾的緣故，需要虛張聲勢，才能避免被人看破手腳。

然而這兩個女鬼卻剛好相反，整個人被黑氣包圍的撚婆非常清楚，這只意味著一件事情，那就是她們倆的威力遠在剛剛自己想像之上。如果花東縱谷的那個鬼魂是外強中乾，那麼這兩個女鬼恐怕是外乾中強。

看著這團黑氣，雖然是第一次遇上，不過撚婆卻立刻會意過來。

畢竟香灰護體，這是撚婆最常用，也是最好用的招式。

而此刻對方就跟自己一樣，自己用香灰護體，這兩個女鬼則是用黑靈的怨氣來護體。只見整個黑氣灌滿了整個房間，將撚婆整個淹沒在黑暗之中。

被徹底淹沒之前，撚婆有了一個覺悟——這一次，自己可能真的很難走得出這個房子。

站在門口的任凡，原本看起來好像解決了，因此忍不住歡呼了起來，不過勝利的喜悅並沒有持續太久，從撚婆的樣子看起來，似乎還沒有完全解決。

當然，任凡很快也感覺到不對勁的地方，不過在任凡還搞不清楚發生什麼事情的時候，撚婆的身影瞬間就好像被黑暗吞沒一樣，外面幾乎完全看不到裡面的情況，全部是黑壓壓的一片。

一開始還以為是燈光斷電，不過後來才想到兩人根本沒有開燈，現在可是大白天啊！可是外面有燈光、陽光，就算窗戶全關起來至少也還可以看得到一點輪廓，但是站在外面的任凡，卻只看到黑壓壓的一片漆黑。

這到底是怎麼一回事？

「乾媽！」

任凡對著黑暗的客廳叫喚，不過卻完全聽不到任何回音。

雖然說過去處理過許許多多關於黑靈的案子，也對付過不少黑靈，不過像這樣的情況，任凡還真的從來沒有見過。

怎麼會瞬間就變成這樣，不管發生什麼，至少撚婆也可以回應一下吧？

但是裡面卻是靜悄悄的一片，完全沒有半點聲響。

明明外面是大白天，但是裡面卻一點光線也沒有，就好像是吞沒一切的黑暗。

任凡一個人在門口，完全不知道該怎麼辦。

不過終究還是擔心撚婆的安危，因此任凡決定還是得要進去看看。

於是深呼吸一口氣之後，任凡二話不說衝入一片黑暗的客廳之中。

才剛衝進黑暗之中，立刻聽到撚婆的聲音。

「別進來！」

剛剛完全聽不到半點聲音，還以為撚婆是暈過去還是怎樣，誰知道一衝進來就聽到了撚婆的叫聲。

正打算回應，可是衝進來的任凡發現，裡面雖然還是一片昏暗，但是卻不像外面那麼漆黑一片，還是可以看得到一些東西。

撚婆仍然在神桌旁，四周全部都是一片香灰煙霧，因為煙霧裡面的光線還算正常，因此看起來就好像在一片黑暗海洋上的一座燈塔，特別顯眼。

而這時任凡眼角的餘光看到了天花板上似乎有些動靜，任凡抬起頭來一看，兩個恐怖的女鬼，像蝙蝠一樣倒吊在天花板上，整張臉孔歪斜詭異，只有一對雙眼還算正常，而此刻這兩雙眼正凝視著自己。

這下任凡終於明白了，這裡完全是她們的地盤，沒人可以在這裡撒野，而這才是兩人真正的威力。

了解到這點的任凡真的傻了，看著天花板上面，倒掛著兩個恐怖的女人，同時朝自己撲過來。

任凡跳起來，正準備閃，不過在空中，就被一股黑氣捲住，整個人就懸在空中。

任凡知道，自己錯了，這兩個女鬼的威力遠在自己想像之上。

不過這樣的覺悟太遲了，在空中動彈不得的任凡，只能眼睜睜看著兩人撲向自己，卻什麼也做不了。

另一邊打從任凡衝進來的那瞬間，撚婆就知道情況不妙。

原本在被黑氣包圍的時候，撚婆就知道大勢已去，因此趕緊用香灰護體，勉強在這片黑暗之中，保有一席尚稱安全之地，接下來就是想要如何脫身。

還沒想到辦法，就看到任凡衝進來，撚婆知道任凡會被兩人襲擊，因此趕緊把剩下不多的香灰全部朝任凡撒去。

在兩個女鬼出手準備挖出任凡心臟的時候，香灰緊急撲向任凡，擋住了兩人的這一下攻擊。

然而雖然擋住了她們挖開任凡的胸膛，但是那股衝擊的力道還是將任凡與兩個女鬼相互震開。

任凡重重地摔到地板上，兩個女鬼也被打回天花板。

摔擊的力道之重，就連衝出來想要救任凡的撚婆，都感覺到地板微微晃動。

趕到任凡身邊，拉起任凡，想要帶著他一起逃，手一拉才發現任凡不太對勁。

撚婆一看，臉色刷地變得慘白，伸手一探——斷氣了。

任凡就這樣斷氣了。

雖然擋住了他們，卻沒辦法阻止這強大的力道，任凡整個人撞到地板，衝擊力道過大，加上任凡天生命格的關係以及在這種環境之下，讓任凡整個人就這樣一口氣提不上來斷了氣。

彷彿呼應了撚婆的認知，撚婆立刻看到任凡體內有東西正要出來。

「臭小子！」撚婆破口大罵：「想讓我白髮送黑髮啊！休想！」

撚婆掏出符，頂住了那個正準備離開肉身的魂魄，用符硬是把任凡的魂給壓回去。

接著撚婆用力一捶，捶向任凡的胸口。

魂被安回去的任凡，立刻被這一捶給捶醒了。

同樣衝擊的力道也反射在兩個女鬼身上，兩人被打回天花板，衝擊力道立刻讓兩人變成宛如肉泥一般，整灘打在天花板上。

在撚婆救任凡的這段時間裡面，兩人也慢慢恢復形體。

撿回一條命的任凡咳個不停，但是撚婆知道現在可沒時間讓任凡好好喘口氣。

兩人的威力完全超過任凡與撚婆的想像，遇到這種情況，任凡的處理辦法只有一個，「三十六計、走為上策」，當然現在的撚婆可是舉雙手贊成。

「逃！」撚婆叫道。

眼看香灰越來越稀薄，撚婆知道機會只有一次，看準了剛剛任凡衝進來的方向，對任凡叫道：「跟著我打！」

撚婆說完空中掐指一捏一彈，立刻射出一道香灰箭，香灰箭射入黑暗之中，打出了一個缺口，任凡見了也立刻架起彈弓，朝那邊射去，符咒捏成的彈丸，也將黑暗的牆壁打出了一個洞，眼看洞差不多可以讓人過去，撚婆二話不說，朝洞口衝。

「跟我來！」撚婆大叫。

任凡立刻跟著撚婆，兩人一前一後朝門口衝過去，黑暗中那兩個女鬼見了，也立刻朝門口而來，眼看兩人就快要逃出去，兩個女鬼也顧不得那個香灰煙霧，衝入煙霧之中。

這一衝雖然沒能夠阻止兩人，但是確實讓兩個女鬼頓了一下，任凡朝洞口一撲，驚險地躲過了接踵而來兩人的這一抓。

撚婆一看到任凡跳出來，大門一關，順手一張符就「啪！」的一聲貼在門上。

這符本來就是用來阻止鬼魂穿門，因此一關上門，也等於擋住了鬼魂。

想不到符才剛貼上，「砰！」的一聲，大門整個被撞到搖晃了起來，剛剛貼的那張符頓時變黑，就好像被燒焦一樣。

撚婆一看，乖乖不得了，這兩個黑靈的威力也真的太了得！

為保險起見，撚婆卯起來掏出一堆符，劈哩啪啦跟任凡兩人，兩人四手將符咒貼滿了大門。門後的兩人又撞了幾下，毀了幾張符，不過似乎發現任凡跟撚婆符很多，最後也不再撞了。

兩人見大門沒了動靜，這才稍稍鬆了一口氣。

雖然從撚婆踏入屋內開始計算，也不過才半小時左右的時間，但是兩人卻感覺彷彿已經過了一整天一樣，全身無力地癱坐在地上。

「我剛剛……」任凡面無表情地說：「是不是……掛了？」

「嗯，」撚婆淡淡地回：「掛得很乾脆，還以為你是掛興趣的，連一點掙扎都沒有。」

「……真是討厭的感覺啊。」任凡沉重地閉上雙眼。

當然，這不是任凡第一次這樣掛掉了，從小因為命格特別輕的關係，本來就比其他人還要容易夭折，尤其是像這樣跟靈體對抗，常常被靈體一打就有一命嗚呼的危險。

雖然這麼說，但是在撚婆的身邊，其實這樣的情況已經很少了，如果不是撚婆，恐怕任凡連成年都會有問題，早在青少年時期就意外死亡了也說不定。

然而即便曾經有過這樣被靈體攻擊而掛掉，但是像這樣毫無抵抗的情況下就被打到掛掉，還真是頭一遭。

如果剛剛不是撚婆的香灰搭救，恐怕那兩個女鬼已經在任凡的胸膛開了個洞，就算是撚婆用法術想救都救不活了。

雖然撿回一條命，但是兩人也知道，就目前的狀況來說，現在能做的就是先撤退再說。

因此在稍微喘了一口氣之後，兩人不再停留，離開了公寓，雙方之間的第一戰，就在這樣的情況之下，畫下了句點。

4

由於逃得有點狼狽，因此兩人也沒跟廟公說結果，就打道回府了。

導致廟公等到晚上等不到人，跑到公寓門前一看，看到那滿滿的符，大概也知道結果。

結果撚婆跟任凡兩人對付這兩個惡靈搞得一死一重傷等傳聞，因此不脛而走，成為兩人傳奇的最後結局。

當然撚婆作夢也想不到自己的一世英名到頭來竟然會毀在兩個小女鬼身上。

不過名聲這種東西，早在撚婆帶著任凡兩人隱居開始，就已經不是很在乎了。

比起這種虛名，更讓撚婆傷腦筋的，還是現在的狀況。

兩人兵敗如山倒，完全出乎任凡跟撚婆的意料之外。

撚婆也很清楚，一旦跟黑靈交手過，就算他們逃到天涯海角，她們還是會找上門來。

尤其是兩人的力量極大，可以說是除了武則天之外，撚婆從來沒有見過的。

當然實際上交手過之後，撚婆大概也知道原因。

如果單純就單一一個人來說，兩人雖然怨恨很深，不過威力再怎麼強大，也不可能強大到前無古人的地步。

問題就在於兩人同死同生，兩股怨念混合在一起，威力也跟著以倍數的方式成長，因此才會成為如此強大的對手。

雖然暫時逃了出來，不過由於已經對上了，對方隨時都有可能破門而出，然後上門索命。

不過這不是撚婆現在需要煩惱的問題，現在最重要的還是找到能夠對付她們的方法，如果沒有辦法找到對付她們的辦法，那麼不管她們什麼時候上門，兩人都一樣沒辦法對付。

一直到回到深山家中，撚婆唯一想到可以對付她們的方法，就是找一群法師，拆了那個房子，不，正確的說法應該是，炸了她們的公寓。

畢竟拆房子費工費時，光是過程中可能就死傷無數了，如果可以一瞬間就毀了她們的巢穴，那麼或許會使她們威力大減，但問題是那是公寓，一堆人都住在那棟大樓裡面，再者撚婆也沒辦法真的拿炸彈來炸。

因此簡單來說，一時之間撚婆還真的找不到辦法來對付兩人。

一直到了晚上，撚婆都還沒有想到半點對付兩人的辦法。

為了保護兩人的安全，在入夜之前，撚婆對住家附近，佈下了許多陣法，雖然不確定這些可不可以有效嚇阻兩人，不過現在也只能這樣了。

所幸似乎白天的一戰，對那兩個女鬼來說，可能也有點傷害，因此那一天晚上，撚婆與任凡也算度過了一個平安的夜晚。

到了第二天早上，撚婆終於想到了一個辦法。

撚婆的師父天威道長收了很多徒弟，曾經也是一個聞名天下的大道長。

在這些徒弟之中，如果真的要論一個天威道長最欣賞的弟子，應該非撚婆莫屬。原因除了撚婆有僅次於任凡的靈力之外，腦袋的靈活其實才是天威道長最欣賞撚婆的地方。

天威道長最有名的地方，就是門下幾個重要的弟子，每個善用的法器都很標新立異，而在這些標新立異的法器之中，又屬撚婆的香灰，最為獨特，這點一直都是天威道長最引以為豪的。

然而法器雖然獨特，但是實際上使用起來，跟正常的法器倒沒什麼兩樣，至少對其他的弟子來說，真的就是如此，一旦作起法來，幾乎都跟一般法師沒兩樣，就是用的「傢私」比較不一樣，如此而已。

但是撚婆就不太一樣，法力高強的她，在對付這些鬼魂的時候，常常有些奇怪的點子，才是最讓天威道長讚賞的地方。

像是當年為了要解決屈原的委託，撚婆就曾經把任凡當作餌丟到河裡去釣水鬼，諸如這類的方法，真的都只有撚婆想得到。

而這一次，為了對抗這史無前例的黑靈雙姝，撚婆又想到了一個辦法。

雖然說有點賭注，不過撚婆是真心覺得這個方法說不定可行。

「啊？」聽到撚婆的方法，讓任凡不禁張大了嘴，一臉難以置信：「妳再說一次，妳要我跟她們冥婚？」

「嗯。」撚婆淡淡地點了點頭。

「這……」任凡啞口無言：「我以為把我當餌丟到河裡釣水鬼，已經是最極限了，這次妳要我娶兩個這麼兇狠的鬼老婆？」

「唉唷，」撚婆皺著眉頭說：「又不是真的娶。」

「那不就變成了，」任凡說：「假結婚真……打鬼？」

「嗯。」撚婆點頭。

「可是……」任凡無法接受：「這樣做，有意義嗎？」

「有，」撚婆說：「這麼做有兩個意義，你沒聽人家說，如果家中有人喪，就需要辦個喜事來沖一下嗎？雖然我一直覺得這個說法很沒根據，不過喜事的場合確實可以削減她們的怨恨之氣。」

對撚婆來說，最讓她頭痛的地方有兩個，其中一個就是兩人的怨氣太重，很容易渲染，即便這一次，場地可能是由撚婆與任凡來決定，不過她們那麼重的怨氣，就連撚婆也沒有把握，她們會不會又跟上次一樣，把任何地方都變成她們的巢穴。

因此如果是婚禮的場合，可能有辦法克制她們這一點，讓她們不再用怨恨來渲染整個場地，把整個地方都變成彷彿一張蜘蛛網般，讓兩人動彈不得。

「另外一個意義就是，」撚婆說：「希望可以造成兩人之間的矛盾。今天的情況是我們侵犯到她們的領地，對她們來說，這沒什麼好懷疑的，就是殺。就算是兩個非常不和的鬼魂，說不定面對到外敵也會這樣聯手，不過如果今天是冥婚的場合，面對的是完全不同的狀況。她們兩個只要有一個人動搖，心思不同調，哪怕只有一點點或者是一瞬間，都有機會像是水壩的裂縫般，給我們很大的機會。」

這就是第二個讓撚婆頭痛不已的問題，兩人那種共生的狀況，比起她們的怨氣，更讓撚婆感到意外。事實確實如撚婆所說的一樣，哪怕兩人只要有一點矛盾的心理，應該就可以產生一點變化。

換句話說，假扮這場婚宴，可以同時解決兩個困擾，就好像健達出奇蛋一樣。

聽撚婆說得好像這個婚只要一結，兩人就會束手就擒一樣，讓任凡確實無話可說。

當然，如果是任何一種其他的方法，只要有機會對付兩人，哪怕機會再渺茫，任凡也會毫不猶豫，但是偏偏就是結婚這檔事……

「可是……」任凡面露難色：「結婚……」

任凡的腦海裡面又浮現出一個不應該出現的人，當然這點撚婆也知道。

「即便冥婚，」撚婆淡淡地說：「你還是可以討老婆，不過……不需要我提醒你，你應該也知道那些事情。而且，你好像不應該，也最沒有資格排斥這樣的事情，不是嗎？」

當然不需要撚婆提醒，這些任凡都知道。

「唉——」

任凡重重地嘆了一口氣。

互許這就是所謂的報應吧？自己老是在幫別人冥婚，不管是早期還是後期，冥婚這檔事一直都是黃泉委託人最大宗的買賣之一，就好像徵信社抓通姦差不多，然而現在想不到冥婚的對象變成了自己，讓任凡真的有種現世報的感覺。

不過首先又不是真的結婚，再者冥婚跟活人之間的婚姻也不一樣，更重要的是，現在除了這個方法之外，可能真的沒有其他辦法可以對付她們了。

因此任凡倒是挺看得開的，掙扎了一下之後，便調整好心情。

「好吧！那就來吧！」任凡拍拍胸脯說：「只要能夠解決她們兩個，咱們就來場婚宴吧。」

5

除了那幾個撚婆說的點之外，這場假結婚還有一個好處。

那就是任凡與撚婆可以把兩人請上門，在他們想要的地點跟時間，畢竟請鬼上門本來就是冥婚最主要的工作之一。

如此一來，就可以挑選對自己最有利的時間與地點，與兩人進行決鬥……不，結婚。

撚婆找了一間在郊區的餐廳，並且跟店家商量，包下了整個場地五天。

畢竟，沒人知道一切會不會順利，萬一動起手來，也沒人可以估算時間長短，說不定又是一場三天三夜的惡鬥，因此撚婆多包幾天，以防萬一。

由於這間餐廳本來就是專門讓人舉辦宴會，其中又以婚宴為最大宗，因此兩人也不需要什麼布置，只需要稍微變動一些地方，大概就可以了。

第一天撚婆與任凡兩人幾乎就把餐廳布置好了，不過兩人還是決定先回家，畢竟布置完天色都暗了，在三更半夜開打，不是件明智的事情。

第二天，兩人一大早就來到了宴會廳，再三確認昨天佈下的東西都就定位。

首先，撚婆在宴會廳外面，設下了圈套，只要一請到兩個女鬼上門，撚婆就可以施法，將兩人困在這間宴會廳裡面，不會再讓她們回到她們的巢穴。

另外，撚婆也在宴會廳的角落開了壇，也佈下了類似結界的防護措施，因此那個角落可以說是整間宴會廳最安全的地方，萬一真的打不贏，兩人至少還有辦法在裡面暫躲一下，不會受到侵害。

確定一切都準備妥當之後，撚婆也算好了時間，在正午吉時，正式開壇作法，準備進行冥婚。

婚宴的現場，任凡穿得宛如新郎官一樣，坐在這裡最前面，等待兩個要來索命的新娘。

這還真是一種一般人無法體會的事情啊。

雖然不是什麼對婚姻有憧憬，但是任凡作夢也想不到，自己的第一場婚宴竟然會是這種場面。

席開八桌，空無一人，等待的只有兩個兇狠至極的黑靈。

每張桌上，還是一樣擺有些簡單的菜色，弄得就跟真的喜宴差不多。

任凡坐在台上，靜靜地等待著，撚婆燒完香之後，將兩女的生辰八字與姓名，寫在紙上後燒成灰燼。

如此一來，冥婚也算是正式開始了，接下來兩個女主角隨時都有可能出現。

撚婆站在神壇這邊，雙眼緊盯著整個宴會廳。

任凡雖然穿著西裝，就好像真的新郎一樣，不過一隻手也放在褲子後面的口袋，那裡放著他最信賴的彈弓，只要有任何風吹草動，任凡都可以隨時拿出彈弓來迎戰。

兩人就這樣維持著備戰狀態，靜靜地等待著兩個女鬼的到來。

朱緣憐跟劉曉碧……

任凡在心中唸著兩人的名字，雖然說現在雙方的狀況是不共戴天，一定要拚個你死我活的敵人，不過兩人的遭遇，確實讓人同情，除此之外，任凡也在想著，如果有什麼辦法，可以讓這場面不要演變成現在這樣，或許不管代價有多大，他都願意試試看。

幹掉兩個生前已經被人殘忍幹掉的鬼魂，實在不是任凡想做的事情。

想到這裡，任凡不禁嘆了口氣。

「來了！」撚婆的聲音把任凡拉回現實。

果然在宴會廳的中央，一個女孩就佇立在那邊。

任凡定睛一看，雙眼立刻瞪大，一臉難以置信的表情全寫在臉上。

那女孩不是別人，正是任凡所熟悉的茹茵。

為什麼茹茵會出現在這裡？

任凡感覺到意外，更感覺到難堪，畢竟當初撚婆提議這場婚宴的時候，他心中想到的人就是茹茵。

這可以說是任凡最不想要讓茹茵看到的一幕，就是自己準備跟別人結婚。

當然，任凡看到了，就連一旁的撚婆也看到了。

不過冷靜的撚婆，立刻知道這絕對不是真的，而是那兩個女鬼搞的鬼。

她們讓任凡自己產生幻覺，然後……肯定不是真的接受這個婚宴的邀請。

一想到這裡，加上看到已經看傻眼的任凡，撚婆知道情況不妙。

「那是假的！」撚婆衝上前叫道。

任凡愣了一下，發現自己已經在不知不覺中，走下了台，並且朝茹茵走去。

一回過神聽到撚婆的叫聲，任凡也立刻會意過來，下意識便伸手朝後方口袋摸去，打算拿出彈弓。

不過一切為時已晚，任凡的這一愣，已經讓自己踏上了無法回頭的路。

茹茵身影一動，用極快的速度朝任凡撲過去，在撲的過程之中，茹茵的模樣全然消散，只剩下一團佈滿黑氣的人影，朝任凡而來。

撚婆雖然已經知道中計了，朝任凡這邊衝過來，不過這時天花板撲下來另外一道黑影，直接朝撚婆而來。

撚婆沒辦法只好撒出香灰，想辦法自保。

撚婆這邊勉強擋住了黑影的襲擊，但是任凡那邊就沒有那麼好運了。

任凡的手才剛碰到後面的口袋，黑影已經來到跟前，朝任凡的頸部一掐，身影跟著掠過了任凡。

這一掐，真的讓撚婆看傻了眼。

因為黑影掐過去，手上立刻多了另外一個魂魄，正是任凡的魂體。

那女鬼竟然就這樣活生生把任凡的魂魄給掐了出來，這真的讓撚婆嚇傻了。

失去了魂魄的任凡肉身，身子一軟，整個倒在地上，就這樣斷氣了。

這或許是撚婆失算的地方。

不過情況演變至此，撚婆就算再年輕個十年，也沒辦法改變這既定的事情。

這是任凡對付兩人的過程之中，第二次被兩人弄到斷氣，這一次甚至活生生被兩人將魂魄給掐出來，這是撚婆這輩子從來不曾見過的事情。

只要肉身不要被破壞……就還有一點機會。

因此，撚婆根本也顧不得自身的安危，衝到任凡的身邊。

還好被扯出來的任凡魂魄，發揮其黑靈的本性，立刻纏住兩人打成一團，給了撚婆一點可乘之機。

或許以前體力、體能還可以的情況之下，撚婆可以扛著任凡逃，但是現在年事已高，撚婆沒辦法扛，費盡力氣也只能把任凡的肉身，拖到那個安全的角落，也就是開壇的地方。

在設下這個角落的時候，撚婆設想了許多，但是沒有一個是像現在這樣，拖著任凡的大體退到這邊。

撚婆先將任凡的大體貼滿符咒，然後塞到神桌底下，至少這裡會是唯一一個安全的場所，在這片充滿怨恨的宴廳之中。

確定藏好之後，撚婆用香灰打開自己逃生之路，逃出了宴會廳。

在逃離宴會廳的時候，撚婆親眼目睹了，任凡的黑靈也被兩人的黑暗吞沒的模樣。

逃出之後，撚婆再三確定封在外面的結界沒有遭到破壞，才黯然離開。

這是撚婆第二次輸在這兩個女鬼手上，同時也是撚婆第一次歪主意出現了弄巧成拙的狀況。

不過現在不是悔恨的時候，如果想要救任凡，撚婆除了需要後援，還需要跟時間賽跑。

只要魂魄離開肉體十二個時辰，任凡就會真正死亡，鬼差也會來強行收走他的靈魂。

當然就目前來說，還是有些事情，對撚婆來說算是有利的地方。

首先當然是因為任凡的魂魄被活生生打出來的關係，加上兩人先前設下的圈套，一旦請到了兩人，就可以把兩人困在那間宴會廳之中。所以不管是任凡還是那兩個女鬼，一時之間都會被困在裡面。過去在面對這樣的情況，最讓人頭痛的地方，就是任凡一旦生魂出竅，魂體會亂跑很難找，但是現在沒有這個問題了，也算是不幸中的大幸。

雖然現在沒這個問題，但是真正的問題還是在要找什麼樣的援軍來對付兩個女鬼。

在天威道長已經往生的此時，撚婆腦海裡面只有一個可以求援的對象。

第2章·假戲真做

1

撚婆犯了一個天殺的錯誤——那就是低估了兩個女鬼，對婚姻的渴望。

由於長年學習法術，選擇了孤老終生，因此對結婚這檔事情，完全沒有半點概念，根本不能了解年輕女孩對婚姻所抱持著強大的期望。

如果說在兩個女鬼短短不到二十年的歲月之中，有什麼事情沒有體會過，讓她們覺得最為遺憾，前三名恐怕不是婚姻就是戀愛。

如果對方是個三十來歲，結過婚，對婚姻其實已經有某種程度的了解，沒有什麼期望的女鬼，或許……這一招對她們來說，可能會有點效果。

但是對兩個還沒能夠有機會找到對象步入禮堂，就被人殘忍殺害的兩個女大生來說，利用冥婚這種手段，只會讓她們更加火大而已。

這一點被捲入兩人怨恨之中的任凡，完全體會了這種怨恨。

由於魂魄被兩人活生生抓出來的緣故，任凡的意識也被迫捲入這股黑暗的怨恨之中。

任凡可以說是親身體會了兩人死前，被人殘忍虐待的過程。

那個兇手虐殺兩人，並沒有讓兩人死得痛快，反而是一種逐漸失去生命力，到最後恨不得一死了之的痛苦。

兇手完全沒有半點同情心，更沒有半點同理心，甚至殘忍到毫無人性。

兇手在分屍兩人的時候，兩人都還沒有斷氣，其中一人還痛到休克，兇手以為那人斷氣了，還為此懊惱不已。

由於被捲入其中的關係，任凡的魂魄也確實體驗了一下，兩人在死前痛苦與怨恨的過程。

任何被捲入這個黑暗之中的人，恐怕光是體會這些情景，就已經不行了，乖乖臣服在兩個女鬼的怨恨之下。

不過……這一次他們的對象是任凡。

在一片黑暗之中，任凡靈體的意識，彷彿說了一句：「確實很慘啊，不過不知道到底是誰比較慘？」

在雙方融為一體的情況之下，任凡的過去，不，甚至是連任凡自身都不知道的過去，那些輪迴之中化為魂體本身的過往，甚至連任凡意識所無法觸及的那些回憶，都一一呈現在兩個女鬼的眼前。

曾經多世都是死胎的，光是在母親體內就已經死亡的經驗，就夠兩人受了吧。

就在這融合的過程之中，這一片被稱為怨與恨的空間，緩緩地出現了一些變化。

這就是三人魂體共生的結果，任凡看到了兩個女鬼的狀況，相同的，兩個女鬼也看到了任凡的一生，從母親的屍體中被救出來，被親生父親拋棄，被撚婆認養，經歷過道觀慘案，從小只有鬼朋友，以及阿康的慘死，武則天的死鬥，最後成為黃泉委託人等等等等的景象。

雖然兩人活在人世間的歲月，跟任凡差不了多久，但是光這些經歷，就已經遠遠不是兩人所能想像的。

因此一個完全出乎撚婆意料之外的情況，在這片黑暗的空間之中發生了。

在這人世間，如果想要了解一個人，恐怕需要一年甚至到十幾年的時間，有些人即便交往了大半輩子，對人還沒辦法真正了解。

可是，糾結在一起的這三個靈魂，透過了這個方式，看到了各自的人生，看到了各自的過往，看到了各自的性格。

兩個女鬼都被任凡過去連任凡自己都沒有經歷過的人生，牽著走了好長一段路吧。

在那條漫長的過去之旅中，兩人終於來到了一切的發源地，也就是導致任凡這數輩子都被處以這種夭折死嬰之刑的元兇。

她們看到了……任凡靈魂最原始的模樣——一個在歷史留名，並且開創一切的男人。

2

爐婆摸著自己已經腫起來的下顎，匆忙地收拾著自己的東西，結果一經過門口，眼角餘光看到了彷彿有個人的身影，內心一凜，整個人跳了起來，原本捧在手中的東西，也全部散落一地。

「還來？」爐婆哀嚎：「你們放過我吧！」

等到哀求完，定睛一看才發現來的人，是自己非常熟悉且尊敬的人。

「師姐？」爐婆鬆了一口氣：「天啊，妳差點把我給嚇死。」

會這麼緊張，完全是因為前陣子爐婆幫人算命，鐵口直斷說對方有個過不了的死劫，結果對方這幾天真的掛了，不滿的家屬認為是爐婆把人給咒死的，因此找來小混混把爐婆狠狠地教訓了一頓，所以現在她才會全身是傷，還不得不搬家，甚至看到黑影就心慌。

好不容易定下心來，看著門口的撚婆，爐婆立刻察覺到不對勁。

「師姐，」爐婆一臉擔憂：「妳沒事吧？」

當然，撚婆不可能沒事。

「這次真的不妙了，」撚婆沉著臉說：「我需要妳幫我。」

看到撚婆的模樣，爐婆當然也嚇到了，當了撚婆一輩子的師妹，很少看到撚婆這模樣，唯一一次可能就是那次滅門血案的時候，因此爐婆也跟著緊張了起來，顧不得自己才剛被打成豬頭，立刻把撚婆扶進屋子裡面來。

「妳怎麼啦？」看到滿臉是傷的爐婆，撚婆一臉疑惑。

畢竟從傷勢看起來，可能爐婆這邊還比較糟糕一點。

「沒事，」爐婆揮揮手說：

「得罪了幾個小流氓，被揍了一頓，還是師姐妳的事情比較重要，快點跟我說，發生什麼事情了。」

爐婆是撚婆的前師妹，因為一起事故的原因，被撚婆的師父天威道長趕出師門，也因為這樣的關係，跟撚婆一樣，躲過了那場滅門的血案，成為天威道長少數幾個倖免於難的弟子。

雖然功力很不錯，但是因為那起事件的緣故，幾乎失去了一切正牌道長可以從事的工作，只能做些幫人算命，在街邊擺攤的日子。

然而雖然爐婆的功力很高，但是終究還是不如身為同樣是法術派的師姐撚婆。

所以如果撚婆要找的援軍是爐婆，或許只是多拖一個人下水而已，因此撚婆來找的人不是她，而是另有其人，不過要找到這個人可能需要爐婆幫忙，如此而已。

撚婆將事情的來龍去脈，簡單的告訴了爐婆。

「唉，」聽完之後爐婆嘆了口氣：「那臭小子真的也太不怕死了。」

這個臭小子當然指的就是任凡。

「不，」撚婆沉痛地搖搖頭說：「這次會弄成這樣，其實我的責任比較大，唉，人不服老就是這樣。」

當然這點爐婆也了解，因此輕輕地拍了拍撚婆的背，以表安慰之意。

要接受自己的老化是一回事，親眼看著自己年華老去又是另外一回事，撚婆或許還沒能接受自己需要完全退休，跟一般人沒兩樣的事實，因此才會一而再、再而三地幫助任凡解決這些事情，間接也導致這樣的後果。

現在的撚婆，真的徹底感受到了這一點。

不過後悔也來不及了，因為最糟糕的情況已經發生了。

「……那麼我……該怎麼幫妳？」爐婆問。

「我需要妳，」撚婆說：「幫我跟一個人溝通。」

「妳的乾媽嗎？」

撚婆點了點頭。

撚婆的乾媽，就是那位名震天下，不管是陽間還是陰間都大名鼎鼎的孟婆。

在天威道長已經去世多年的此刻，她是撚婆唯一想像得到的援軍。

尤其是這件事情，還得必須向她報備一聲才行。

畢竟如果任凡真的往生了，也不可能瞞得住她。

當然像孟婆這樣黃泉界的大人物，不是每個法師都可以請得上來，單單就能力來說，爐婆確實有機會可以請得上來，不過也要看情況，不見得每次都靈，尤其是孟婆公務繁忙，如果不是撚婆親自請，不來的機會很高。

所以最保險的方法，就是撚婆自己親自請，然後讓爐婆轉述，大概就是這樣，才是現在最保險的方法，也是最省時間的方法。

而為了讓爐婆跟上狀況，撚婆也好好地解釋了整起事件的來龍去脈，說個仔細，以免等等請了孟婆上來之後，一問三不知，反而更糟糕。

在確定好了之後，撚婆借用了爐婆的房間，由於請鬼上身一直都是爐婆的強項，因此該準備的東西，爐婆這邊都有。

由於時間寶貴，所以確定好爐婆都沒問題之後，撚婆立刻作法，請大名鼎鼎的孟婆上來。

孟婆上來之後，爐婆將整件事情的狀況告訴了孟婆，上了撚婆身的孟婆聽了，臉上的表情越來越沉重。

孟婆的心中有千言萬語，卻不知道該從何講起。

這就是此刻孟婆的心情，因為關於任凡的事情，有太多太多東西牽扯於其中，根本沒有辦法簡單的三言兩語，就把事情給理清楚、弄明白。

事實上，就連孟婆跟撚婆之間的關係，跟任凡也脫不了干係。如果不是任凡的關係，恐怕兩人要成為乾母女，還沒那麼容易。

因為事情會演變至今，孟婆自己也脫不了關係，只是這件事情，不管是撚婆還是任凡，根本都不清楚。

孟婆所熬煮的湯，是華人輪迴路上最重要的東西，如果沒有她的湯，恩怨情仇將會隨著人，一代又一代越變越複雜。

因此沒有了孟婆湯，輪迴的世界將會一片混亂，甚至終將毀滅。

孟婆湯除了忘私情、解仇恨之外，更有淨魂的效果，讓每個靈魂都可以用宛如白紙般的新生，到下一個人生之中。

然而關於孟婆湯有個規則，由於要渡過隔絕陰陽兩世的黃泉，只能走奈何橋，而鎮守在橋頭的孟婆，就是在那裡讓所有靈魂喝下孟婆湯的地方。而想要不喝孟婆湯，只有一個方法，就是渡過那至少需要千年才有可能渡過的黃泉，並且承受黃泉之中那椎心刺骨的疼痛。

這千萬年來，只有少數幾個人做到這一點，不過他們之所以可以做到，還是有原因的……

這個原因孟婆當然非常清楚，而諷刺的是，那個「原因」也是至今以來唯一沒有照著規矩來的一次。

而就是這麼一次，衍生出今天的許多問題，所以孟婆也知道，這件事情絕對不是責備撚婆或任凡，就可以了事的。

說到底，自己也有責任。

既然如此，似乎也只能想辦法解決了。

至少對孟婆來說，現在也只能如此。

從爐婆的轉述之中，孟婆當然知道情況是怎麼回事。

這大概就是所謂的靈體共生。

魂魄跟肉身不一樣，肉身不管如何，都是獨立的存在，不會因為兩個人撞在一起，就因此產生了融合。

但是魂無形、魄無體，一旦魂魄一直處於一個空間，或者是重疊、或碰撞，都會產生多多少少的融合。

原本這不應該是件非常特殊的事情，但是現在的狀況卻很特殊。

由於撚婆施法把兩個女鬼困在宴會廳之中，而兩個女鬼又把任凡的魂魄給抓出來，好死不死這個死傢伙的靈體又是怨靈，恐怕此刻已經融合在一起，就連意識之間都互通了，因此要分開可能不是件簡單的事情。

當然要分開這種融合在一起的鬼魂，小到鬼差、大到閻王，都會處理，畢竟這些都算是他們基本的工作。

尤其是孟婆，不但會處理，更是其中的翹楚，畢竟孟婆把守的奈何橋，不會有任何融合在一起的鬼魂通過。

可是只有一個問題，分魂不難，但是要讓任凡繼續活下去，可能就有困難了。要讓他們分離，一定要切割，也就是說，如果是孟婆出手讓他們三個靈體分開，可能也沒辦法再讓任凡繼續活下去了。

所以現在只有一條路可以選擇，那就是靠任凡自己，想辦法在那個融合的空間之中，獨立出來。

問題就在於想要做到這種程度的事情，就需要非常強大的力量，甚至比那兩個女鬼聯手都還要強大數倍的力量，才有可能在兩人所創造出來的空間裡面，單獨獨立出自己的形體。

如果光靠現在的任凡，即便黑靈化的他，可能真的在任何一個黑靈之上，不過還是遠遠不及兩人聯手的威力。

但是如果不是現在的任凡的話……這可是孟婆連想都不敢想的事情。

當然，該怎麼做孟婆非常清楚，眼前只有兩個選擇，第一個選擇就是放任凡去死，先別說兩人的交情，這麼做當然也有屬於他的風險，而且風險大到孟婆現在還沒辦法想像。

曾經，孟婆期望任凡的這一輩子過得充實、快樂，這樣一來，等到任凡往生的時候，或許……他可以稍微平息一點心中那滿滿的怨氣。

但是現在，任凡的人生充滿了磨難，即便孟婆已經出手過那麼多次，仍然沒辦法改變這樣的結果。

所以這個選項，孟婆知道還不是時候，真的……不是時候。

至於另外一個選項，當然也是賭注，而且這賭注不會比前一個好到哪裡去。

……不過現在似乎也只能這樣了。

「仔細聽我說，」孟婆沉著臉說：「我沒辦法跟妳解釋太多，正所謂天機不可洩漏，妳應該很清楚。」

爐婆恭敬地點了點頭，在這個人世間，除了已經去世的師父與師母之外，爐婆最尊敬的人，就是孟婆現在上身的撚婆，而加上現在上她身的，又是黃泉界的大人物，那恭敬根本就是比拜神還虔誠了，爐婆只差沒有跪著聽話。

「任凡體內有一個很強大的力量，」孟婆說：「只要釋放那個力量，可能就連鬼差都不是任凡的對手。」

雖然不是很了解孟婆所說的力量是什麼，不過爐婆還是愣愣地點了點頭。

「不過釋放那個力量需要很小心，」孟婆皺著眉頭說：「拿符來，我要寫符。」

爐婆聽了趕忙到外面拿了些空白的符，還有寫符的文具。

孟婆接過之後，瞪著爐婆說：「轉過去，不准看。」

聽到命令爐婆半點也不敢違抗，轉過身去之外，還用力地閉上了雙眼。

孟婆在符上寫好了咒文，然後將符反覆折了起來，折到整張符看起來就像一顆小珠子一樣，就這樣反覆寫了三張，都折好了之後，才讓爐婆轉過身來。

「聽著，」孟婆說：「這三張符，可以短暫釋放任凡體內的力量，不過千萬注意，不管在任何情況之下，都不准將這三張符打開，也絕對不准看裡面的內容，聽清楚了嗎？絕對不准看，不管是妳，還是我的乾女兒，都絕對不准看。」

爐婆恭敬地猛點著頭。

「妳告訴我乾女兒，」孟婆說：「用她留在那邊的壇，在那邊把這三張符燒了，接下來就看任凡自己的了。」

孟婆說完之後，沉吟了一會才接著說：「另外，我這邊也有幾個可以用的人，最近我這邊有幾個需要調查的靈體，所以有派鬼差到陽間來訪查，我讓他去幫你們好了。」

交代完孟婆又再三強調，不准將符打開來看之後才離開。

等到撚婆清醒之後，爐婆將剛剛的過程告訴撚婆。

雖然就連撚婆也不知道這三張符，到底是什麼玩意，更不知道這樣做是不是真的可以解決那兩個女鬼，不過目前這也是撚婆唯一能做的辦法了。

當然，孟婆並沒有把所有事情告訴兩人，主要除了天機不可洩漏這件事情之外，要短短幾句話就把任凡的事情給交代完，更是一件不可能的事情。

孟婆熬煮孟婆湯成千上萬年，自然對自己的孟婆湯瞭若指掌，那三張符的效果，就是可以讓任凡身上的孟婆湯效果暫時解除，時間不長，只有短短的幾秒，不過應該也足夠了。

就是因為這三張符有這樣的功效，所以一旦流入人間，可是件不得了的大事。

這是這個方案的第一大賭注，並不是不相信爐婆跟撚婆的為人，只是因為這三張符影響太過於重大，就連孟婆也擔不起符流入人間的風險，因此才會再三強調，絕對不准打開來看。

至於另外一個賭注，就是任凡了。

孟婆不知道這樣短暫讓孟婆湯失效，會不會有什麼影響。

當然這不是孟婆第一次使用這三張符，過去那些符確實都只能讓人回復幾秒的記憶，然後那些回憶會立刻再被封印起來。

不過，因為是任凡，所以情況就連孟婆都不敢掛保證。

畢竟……他可是喝下一整碗……的人。

孟婆最擔心的地方，這三張符會不會成為水壩的裂縫，讓一切變得一發不可收拾。

3

距離鬼差前來索命，只差不到兩個時辰了，換句話說，短短幾小時之內，如果沒辦法解決，那麼任凡這一次就真的會死。

撚婆再度來到了宴會廳外，想起了爐婆轉述的話。

……乾媽孟婆也會派鬼差來支援。

天曉得前來支援的鬼差，最後是救了任凡一命，還是順道收了任凡的靈。

不過現在也只能照著孟婆所說的去做了，畢竟現在撚婆是真的沒有辦法解決了。

撚婆照著昨天的原路，進入了宴會廳，由於壇就在入口的旁邊，因此安全方面倒是全然無虞。

宴會廳裡面，陷入一片黑暗之中，跟當初的公寓如出一轍。

想不到這兩個女鬼，竟然連不是自己熟悉的地方，也可以搞出這一套，真的讓撚婆覺得驚訝。

撚婆先檢查一下藏在桌子下面的任凡肉身，確定沒有遭到損毀之後，先將肉身從桌子底下拖出來。

照孟婆的說法，等等只要燒完三張符之後，任凡有可能就可以逃出來，到時候要把握住時機，把魂安回體內，所以撚婆先做好準備，以免等等手忙腳亂，錯失良機。

確定好之後，撚婆深呼吸一口氣，然後開始點燃那三張符。

隨著那三張符燒成灰燼，黑暗的空間裡面，有了一些變化。

一團黑氣緩緩地聚集在空間的中央，凝聚成一個男子的模樣，那是被兩個女鬼拖出來的任凡黑靈，在撚婆那三張符的助陣之下，任凡的形體開始在這空間之中，慢慢獨立出來，慢慢恢復成原形。

就在任凡的黑靈逐漸成形之際，兩個女鬼也有了感應，她們同時出現在任凡的身邊，一前一後包圍著任凡。

但是兩人完全不敢輕舉妄動，一片黑暗之中，任凡黑靈的形體逐漸成形，只見他痛苦地抱著頭，發出了震耳欲聾的哀鳴。

……想起來了嗎？

腦海裡面，一個聲音這麼告訴黑靈化的任凡。

接著，眼前出現了詭異的畫面，黑靈化的任凡看到了自己，面目全非，整個魂魄只剩下碎骨，被滾滾的黃泉水沖到岸邊的模樣。

一陣浪打過來，然後退去的同時，留下了一顆眼珠在沙灘。那顆眼珠，就好像一切的核心一樣，慢慢地將附近的碎骨吸引過來，緩慢地形成了一顆頭顱。

就這樣，原本支離破碎的魂魄，慢慢地組成了人形。

與此同時，一旁的黃泉也有了變化，原本一片烏黑的黃泉，開始變回原本的原色一片汙黃。好不容易拚成了一個人形，一群人走了過來，其中兩個穿著就是鬼差的人，將還沒拼湊完全的自己架了起來。

雙眼看到的，是一張熟悉的臉孔，對所有輪迴的人們來說，或許是眾人最熟悉的臉孔，她是孟婆，每個靈魂輪迴時總會見到的人。

想說話……但是舌頭與喉嚨這種東西，早就被腐蝕到爛掉了。

看著這個被撐起來的男人，逐漸成形的臉孔，孟婆沉著一張臉。

曾經，有這麼一個千年，整條黃泉是黑的，那並不是水源有問題，而是水底，一個男人在裡面，他那滿滿的怨恨，染黑了黃泉。

過去，從來不曾有人橫渡過黃泉，這個男人是第一個，也是當時唯一的一個。

即便在痛苦無比的黃泉之中，這男人的恨意有增無減，不但如此還將黃泉給染黑了，整條黃泉就好像他的怨恨般，連綿不絕、怒濤奔騰，然後在經過了千年之後，這個男人終於上岸了。

跟曾經在人世間的他一樣，他是從古至今，第一個越過黃泉的人，不只如此他的怨恨，玷汙了黃泉，導致後來，之所以有人可以僥倖度過黃泉，就是因為黃泉被他弄濁了，因此威力變得薄弱，只要挨得住千年的痛楚，就有機會可以橫渡。

看著這個不只有在人世間開創了一切，就連黃泉也因為他的橫渡而有所改變，孟婆知道，按照規矩，他可以帶著這些痛苦與怨恨，重返人間。

因此孟婆來到了他的面前，她沒辦法坐視這樣的事情發生。

所以，就算破壞了規矩，她也要讓他喝下孟婆湯。

當然破壞了規矩，有什麼下場，孟婆很清楚，不過她已經決定了，如果犧牲自己一個人，可以換來天下的太平，那麼這犧牲也值得了。

孟婆努了努下巴，兩個鬼差一左一右架起了男子。

孟婆捧著湯碗，朝男子走了一步。

這時，一個身影從天空浮現了出來，擋在了孟婆與任凡之間。

來的人跟孟婆擁有一樣的地位，與孟婆並稱為三婆的借婆。

當然，孟婆並沒有像借婆那樣，擁有可以透析未來的能力，可以了解所有因果之間的過去與未來。不過，鎮守在奈何橋的孟婆，這千年看著變黑的黃泉，非常了解這個男人的怨與恨。

「這好像不應該是妳做的事情。」借婆淡淡地說。

「是的，」孟婆點了點頭：「但是我還是得做。」

孟婆只知道要是真的讓這男人帶著怨恨回到人世間，很可能不會再有人世間了。

「問題是……這不合規矩。」借婆說：「也不是妳應該做的。」

「我知道。」孟婆點了點頭說：「不過這裡還是奈何橋，不是嗎？」

「唉。」

借婆嘆了口氣，然後轉過頭來看著男子，這時男子已經拼湊成形，只是還沒辦法抵抗跟發出聲音。

「妳要擔嗎？」借婆問孟婆。

「是的，我擔。」

其實孟婆早就已經決定好了，不管有任何責任，都會自己承擔。

因此，這一次孟婆是自己親自捧著碗，就是不想要連累任何人。

既然孟婆都如此說了，借婆也只能再嘆口氣，然後往旁邊一站。

孟婆走到了男子跟前，凝視著男子，緩緩地說：「如果你還有恨……就衝著我來吧。」

孟婆語畢，便將手上的孟婆湯，灌入男子的口中。

平常只需要一滴，就可以讓人忘記前世的孟婆湯，這一次孟婆將一整碗都灌入男子的口中，就是希望他可以忘個乾淨。

然而，當男子被灌入孟婆湯的時候，那雙怨恨的雙眼，卻一直死死地盯著孟婆。

不過真正讓孟婆與借婆感覺到驚訝的是，任何魂魄一旦喝下了孟婆湯，都會被洗成白靈，但是男子卻仍然是黑靈，哪怕失去了記憶，但是那股怨恨卻彷彿早就已經成為了他魂魄的構成要素。

雖然魂仍黑，但是記憶確實消失了，男子就這樣帶著一片空白的記憶，重新投入到了輪迴之中，只是跟隨在男子身上的罪孽太重，到頭來他還是當了多年的死胎與死嬰。

而這段記憶，也一直被孟婆湯的效力給蓋住，一直到現在為止……

張開雙眼，過去的記憶全部湧現出來，那種不平的恨意，瞬間從男子的身上爆發出來。連出手都沒有，光是回想起過去在黃泉河邊的那股恨，就已經讓兩個女鬼被炸開，她們被人虐殺的怨恨，跟那種承受了千年之痛，最後卻是一場空的怨恨相比之下，顯得太過於渺小。

才剛想起那股怨恨的感覺，甚至連前因後果都還沒時間細思量，任凡的黑靈身上爆發出來的怨氣，就崩解了兩人的怨念空間。

撚婆只覺得眼前的空間一亮，兩團黑影立刻在眼前閃過去，「砰！」的一聲巨響，一個男人就站在她的面前。

而那兩個女鬼，被打成了原形，狠狠地撞上了牆壁之後，倒在了地上，連動都動彈不得。

完全想不到孟婆給的符會這麼有效，撚婆當然很驚喜，正準備想要把任凡的魂魄重新安回去，這時跟任凡的魂魄四目相對，撚婆的身體卻彷彿被定住了一樣。

雖然外貌看起來就像是任凡的形體，不過那一對怨恨的雙眼，這輩子撚婆根本連見都沒有見過。

光是被那對怨恨的雙眼給瞪著，就讓撚婆完全失去了行動力。

這是多麼可怕的威力……

撚婆就這樣被定住，完全無法動彈，而且撚婆非常清楚，任凡甚至不需要出手，就有好多種方法可以像捏死一隻螞蟻一樣捏死自己。

不過好險的是，這樣的事情終究沒有發生，就在撚婆有了這樣的覺悟之際，黑靈化的任凡身子一抖，突然痛苦地抱住了頭，大量的黑氣從他的身體竄了出來，那短短幾秒鐘的效力已經到期，接下來孟婆湯的效果又再度要將這股怨恨封起來。

彷彿知道這樣的情況，黑靈化的任凡痛苦不堪之餘，還伸手想要阻止這些黑氣散開。

他並不想忘記這些怨恨，他要把這些怨恨找回來。

不過雙手在空中揮舞了半天，卻沒辦法阻止這些黑氣的飄散。

當孟婆湯逐漸開始發揮效力之際，光是用眼神就讓撚婆彷彿中了定身咒般的力量，也瞬間被解除。

撚婆當然二話不說，趕忙衝到任凡肉身的旁邊，搖起鈴鐺的同時，立刻開始幫任凡安魂。

一開始，黑靈化的任凡還試圖抵抗，但是肉身的吸引力太大，最後還是逼得任凡的黑靈不得不回到了肉身。

在魂魄進入肉身之際，撚婆彷彿聽到了任凡的黑靈發出最深沉，同時也是最不甘心的哀嚎聲。

然而在魂魄進入肉身之後，頓時整個世界都安靜了下來，沒有半點聲響，整個宴會廳裡面，只聽到撚婆一個人獨自的喘息聲。

真的是太恐怖了。

即便現在任凡的魂魄已經回到了他的肉身，不過剛剛那黑靈化時候所散發出來的氣息，讓這個收鬼無數的法師，感覺渾身不寒而慄。

從小靈力過人，跟任凡一樣天生就有陰陽眼的撚婆，從來不認為鬼魂可以如此恐怖，但是在看到任凡那怨恨的魂魄之後，撚婆真的感覺到恐懼。

撚婆愣愣地坐在任凡的大體旁，心情仍舊沒有辦法平復，一直到身旁的任凡緩緩地醒了過來，撚婆也才跟著回過神來。

「解……解決了嗎？」彷彿大病初醒般的任凡，坐起身來問著身旁的撚婆。

撚婆卻沒有回答，仔細端詳著任凡的臉，似乎想要找回一點過去的感覺。

「就是她們兩個嗎？」一個陌生的聲音，突然出現在兩人的身後。

兩人一起回過頭，看到一個身穿著標準制服的鬼差，就站在兩人身後。

「這是……？」任凡問一旁的撚婆。

「你乾奶奶派來的，」撚婆搖搖頭：「你乾媽罩不住，只好找你乾奶奶幫忙了。」

確實，這個鬼差就是孟婆派來的，只是不知道該說那個藥太有效，還是說任凡本身的魂魄實在太恐怖，總之似乎不需要他來，事情就已經解決了。

兩個女鬼這時已經回到了一般女孩的模樣，雖然還散發著黑氣，看不清楚她們的模樣，不過現在的她們兩個已經失去了力量，倒在地上，完全動彈不得。

「對，就是她們兩個。」撚婆比了比地上的兩人。

任凡順著撚婆的手指看過去，看到了兩人，然後緩緩地皺起了眉頭。

「好。」

鬼差點了點頭，並且將身上的鎖鏈給拿下來。

鬼差將手上的鎖鏈一甩，朝兩人之一的女鬼抽過去，想不到任凡卻突然將身子一橫，擋在女鬼前面。

鬼差見到了想收手已經完全來不及，只能向旁邊一扯，緊急改變了鎖鏈的方向，不過因為時間太過於緊迫，沒辦法改變太多，最後鎖鏈幾乎是擦著任凡的臉頰邊打過去。

「臭小子！」撚婆見了破口大罵：「你是頭殼壞掉了嗎？」

「想出這主意的，」剛撿回一條命的任凡，有氣無力地說：「不是乾媽妳嗎？」

「啊？」

「……我們把這個儀式辦完吧。」任凡說。

「啊？」撚婆訝異：「你真的頭殼壞掉了嗎？」

當初會想說用結婚的方法，就是為了削弱兩個女鬼的力量，製造兩個女鬼之間的矛盾，但是現在都這個狀況了，根本就沒有辦下去的必要，只要那一條鎖鏈抽到兩人，一切就可以結束了，但是任凡現在卻說要把儀式辦完，真的除了頭殼壞掉了之外，撚婆找不到其他合理的解釋了。

「你知道自己在說什麼嗎？」撚婆挑眉。

「該怎麼說……很難形容，」任凡用手扶著額頭說：「我那時候確實也算是跟她們融為一體，我可以感覺得到……我們都一樣，我可以體會那種還沒開始活，就已經得要面對死的感覺。」

死胎……的感應嗎？撚婆心裡想著。

當然撚婆非常清楚，任凡體內那怨恨，就是源自於一連多世都是死胎或者是連斷奶都還活不到就夭折，這許多前世累積而成。

而這兩個女鬼恨的來源，源自於才剛認識這個世界的美好，就被一個殘忍的暴徒終結了。

而這股怨恨卻意外跟任凡身為死胎的感覺相呼應，雖然任凡沒有死胎時候的記憶，但是卻仍然有那種感覺。

「那種恨……」任凡面露出哀傷的神情：「我了解，不知道為什麼，所以如果這儀式，可以削弱她們的恨……」

「你不是不甘不願嗎？」撚婆白了任凡一眼。

「當然如果她們願意的話……」任凡看著兩個黑靈。

地板上，失去力量的兩個黑靈緩緩地散去包圍著她們靈體的黑氣。

透過雙方共生的那個階段，兩人也確實了解到了任凡的過去，也看到了任凡一路走過來的現在。

光是任凡的過去，就已經夠讓兩人大開眼界了，原本之所以如此之恨，就是了解到自己的可憐與不幸。

然而，最能夠感受到明顯的幸與不幸，是透過比較之後特別容易誕生的產物。

因此在目睹了任凡經歷那麼多世的死胎與夭折之下，兩人的恨意很明顯淡化了許多，尤其是這好不容易活到成年的一生，也有許多讓兩人不忍目睹的悲劇，像是年幼失怙，被親生父親遺棄，還有跟摯友阿康的死別等等。

任凡可以活得很偏激，可以活得憤世嫉俗，但是他卻選擇屬於光明的這條路。

明明有那麼多可以讓他恨的東西……

這讓兩人非常不解，他是如何放下這些怨恨。

「為什麼……」其中一個女鬼幽幽地問任凡：「你是怎麼放的？」

或許是雙方分離還不久，彼此多少意識還有點能夠溝通，因此即便問得不是很清楚，但是任凡還是感覺到對方要問的。

「為什麼……」任凡搔搔頭想了一會說：「就好像玩21點或麻將一樣，有人贏就一定有人輸。」

「啊？」完全搞不清楚兩人之間對話的撚婆，張大了嘴一臉狐疑。

「如果這個世界，不幸的總值是固定的，差別就是誰不幸的多、誰不幸的少。那麼……」任凡苦笑著說：「我們的不幸，或許還有點意義。至少……我是這麼告訴自己的。」

當然，任凡說這些話之前，根本不知道未來在自己面前的不幸有多少，不過那種氣概大概就是這樣。

「你真的是頭殼壞掉了！」撚婆搖搖頭說：「不管怎樣，我等等就帶你去看醫生。」

雖然撚婆不以為然，不過就在這個時候，地板上的兩個黑靈卻起了變化，黑氣全然散去，恢復成兩人生前的容貌，完全就是兩個宛如畫中走出來的美麗少女。

撚婆挑眉看著兩人，可能想像不到兩個如此兇狠的黑靈，竟然會是如此可愛的女孩子吧。

撚婆看了兩人一會之後，轉過頭來瞇著眼睛瞪向任凡：「說這麼多，是因為你看到她們兩個人的長相了吧。」

「最好是啦。」任凡懶洋洋地說。

「等等。」

原本一直靜靜站在旁邊沒有表達意見的鬼差，向前一步打斷了任凡與撚婆母子間的對話。

「我可沒說就這樣算了，」鬼差冷冷地說：「沒把她們收了，我回去要怎麼交代？」

「你叫什麼名字？」任凡轉過來問。

「……葉聿中。」

「放過她們吧，」任凡淡淡地說：「未來我保證會讓你有很多東西可以交代。」

當然，面對撚婆與任凡兩個人，葉聿中知道，這兩個絕對不是一般人，至少其中一個，就是那三婆之一的孟婆在人世間的乾女兒，因此既然任凡這麼說了，最後葉聿中也只能真的空著手回去。

就這樣，任凡與撚婆聯手的最後一次出擊，在這樣的情況之下畫下了句點。

雖然說任凡有意娶兩人為妻，不過婚禮現場早就已經凌亂不堪，這婚禮也只好擇日再辦。

不過在那之後，兩人一直跟著任凡，成為任凡最得意的助手。

解決了委託之後，謝太太的委託也告一段落，任凡也終於得到了足夠的資金，可以開始動工，改建那一座荒廢的建築用地。

4

數個月後，簡單的布置與裝潢終於完成了，這可是任凡欠下了不少人情，才完成的一項壯舉。

畢竟整個台灣應該找不到一個裝潢師傅與工人會到一個需要橫度一條騰空紅毯才能到達的廢棄大樓中施工。

所以所有的裝潢工作，都是任凡與生前曾經做過裝潢的一些鬼魂合力完成的。

裝潢完工之後，任凡帶著簡單的行李與小憐、小碧，一起入住這宛如新婚新宅般的廢棄大樓。取代完工典禮的，是任凡與小憐、小碧的婚禮，三人在這兩棟宛如雙胞胎廢棄大樓的中庭，完成了婚禮。

與會的除了任凡與撚婆之外，還有小憐、小碧在這段時間認的乾姐楊貴妃，而在這場婚禮之後，三人也正式搬入了這個根據地。

在任凡跟兩個鬼老婆所居住的那一層樓，其中有一間被任凡布置成辦公室，未來任凡就打算在這個辦公室裡面，接見所有上門前來委託的鬼魂們。

而代表這間辦公室，最重要的就是在辦公桌後面，那些不接的原則。

對任凡來說，這可是他最重要的規矩，也是整間辦公室最主要的靈魂所在。

在搬到這裡之前，任凡只有五條規矩。

這五條之中，其中第一條，是任凡離開了撚婆，正式成為黃泉委託人時，開宗明義的第一條不接規矩，當然也是任凡最重要的一條。

剩下的幾條，都是後來陸陸續續加上去的。

像是第五條，就是遇到那個黃泉界最讓人敬畏的借婆之後，特別為了她老人家加上去的規矩。

而如今，這裡又多了一條，第六條不接的規矩——

『六、與黑靈打交道的工作不接』

這是為了一路養育自己長大，並且把自己視如己出的乾媽，而立下的規則。

畢竟不管任凡願不願意承認，撚婆真的老了，不能再像過去一樣，大展神威對付鬼魂。

當然任凡也知道，以自己目前的狀況，如果遇上了黑靈，就算自己不去找撚婆，撚婆知道了也一定會出手相救，如此一來遲早會出事。

因此出於對自己這個雖然是乾媽，卻比親生母親還要親的撚婆，任凡定下了這第六條的規矩。

看著短短才幾年的時間，自己從一條規矩，增加到六條了。

天曉得自己再當個幾年，會不會規矩多到整面牆寫不下，不免又覺得這間辦公室實在是太小了。

當然加了這第六條規矩，任凡自己也清楚代價是什麼。

畢竟富貴險中求，這樣會讓自己失去最大筆的買賣，可能會讓自己的聲勢跟生意大不如前，不過任凡還是貼上了最後一個不接的原則。

這也算是任凡對撚婆最卑微的孝心。

只是有兩件事情，任凡倒是完全沒想到。

第一件事情就是即便有了這條規則，自己還是常常遇到黑靈，而自己生意非但沒有不如過往，反而將黃泉委託人推向了一個自己想都沒有想過的高峰。

第二件事情就是在那之後的多年，任凡倒沒有再增加任何規則了，他所想像的那個貼滿整面牆壁的規則，一直沒有發生。

而這，是在任凡與方正相遇的三年前，也是任凡黃泉委託人的生涯中，少數幸福且安靜的三年。

在新居布置好之後，任凡的黃泉委託人生意也一如預料之中的蒸蒸日上，不，甚至遠遠超過他的想像。

在經過了這起事件之後，葉聿中跟任凡成為了好友，兩人聯手在這三年之中，解決了不少過去一直沒有辦法解決的案子，任凡的聲望與日俱增，而葉聿中在鬼差方面的地位也日益攀升。

除此之外，小憐、小碧的幫忙也讓任凡在處理案件的時候，更加得心應手。

這些都是任凡在接下這起案件時，所始料未及的。

而這個被當成新居的廢棄建築空地，最後也成為了台灣黃泉界最有名的地標，一直到任凡前往歐洲為止。

後記

大家好，我是龍雲，很高興在這邊跟大家見面。

我個人非常喜歡第一部黃泉的結局，在驅魔教師系列第一部出現之前，黃泉一的結局，一直都是我最喜歡的結局，雖然這個結局完全是意料之外的產物，不過對我來說，能夠把所有先前五部作品出現過的人，幾乎全部放到這本完結篇來，是個相當有趣的經驗。

而這一次，為了這次重新出版所寫的外傳，也算是為這次的完結篇，補足了在任凡過去的人生之中，最重要的一塊拼圖，就是與小憐跟小碧兩人相遇的狀況。補足了這個部分，讓我覺得這部完結篇又更加完整了。

非常感謝各位的支持與閱讀，希望這次的完結篇，大家會喜歡。

那麼，我們下次再見囉。

龍雲

作者　龍雲
封面繪圖　畜異
總編輯　莊宜勳
主編　鍾靈
責任編輯　黃郁潔
美術設計　三石設計

出版者　春天出版國際文化有限公司
地址　台北市信義區信義路四段458號3樓
電話　02-7718-0898
傳真　02-7718-2388
E-mail　story@bookspring.com.tw
網址　http://www.bookspring.com.tw
部落格　http://blog.pixnet.net/bookspring
郵政帳號　19705538
戶名　春天出版國際文化有限公司
法律顧問　蕭顯忠律師事務所
出版日期　二〇一七年四月初版
定價　170元

總經銷　楨德圖書事業有限公司
地址　新北市新店區寶興路45巷6弄6號5樓
電話　02-8919-3186
傳真　02-8914-5524

龍雲作品 16

黃泉委託人：旬婆湯

國家圖書館出版品預行編目資料

黃泉委託人：旬婆湯 ／ 龍雲 著. — 初版. —
臺北市：春天出版國際，2017. 04
面；　公分. —（龍雲作品；16）
ISBN 978-986-94698-6-9（平裝）
857.7　106006265

ISBN 978-986-94698-6-9
Printed in Taiwan